Good Eater
グッドイーター
GE
#1
新木 [redacted]
イラスト／あ[redacted]
「うん。いいかな。うちに来てくれないだろうか」
「なー。こいつ。足腰つよそーじゃ
JN287172

【リーダー】
Good
「ダンジョンいこーぜ！
うまいもん食いに！」
元勇者。元気で熱血な女の子。GEのリーダー。
腹ぺこになると駄々っ子になる。

【魔王さま】
「戦いよりも本が好きな魔王なんて、変だろうか？」
元魔王。理知的でクールなお姉さん。
腹ぺこになると残念美人になる。

【アサシンさん】
「〇《ゼロ》〇《ゼロ》七《ナナ》三《サン》は……、任務を、果たす」
元暗殺者。無口かつ無表情の不思議な女の子。皆のあとをいつもこっそりついてくる。

グッドイーター

Good Eater

新木 伸

イラスト／あるや

#1

おしながき

キャラ紹介

【リーダー】
GEのリーダーで元勇者。
無駄に元気。いつも腹ぺこ。

【アサシンさん】
勇者と魔王を
付け狙う暗殺者。
でも餌付けされた。

【カイン】
ごく普通の一般人。
料理の腕も人並み。
【エルマリア】
酒場の看板娘。いつも
ニコニコ。お世話大好き。
【魔王さま】
理知的な女性。
美人かつナイスバディ。

いつものダンジョン最下層

いつものダンジョン最下層《さいかそう》。

「うー。ハラへったーぁ……」

うなるような声をあげて、リーダーがそう言った。おなかがすいたときのリーダーは、ちょっとキケンだ。野性が目覚《めざ》めてしまう。具体的には、見境《みさかい》なく暴《あば》れはじめる。さらに空《くう》腹《ふく》が進行すると幼児《ようじ》化《か》する。

「うむ……。肯定《こうてい》する。たいへん空腹であると言わざるを得《え》ない。どこかに襲《おそ》いかかってくるモンスターでもいればよいのだが」

お腹がすいたときの魔王さまは、リーダーよりも、もっとキケンだ。破壊衝動《はかいしょうどう》が目覚めてしまう。具体的には、破壊の権化《ごんげ》と化《か》す。ゴブリン一匹に攻城魔法《こうじょうまほう》をぶっ放《ぱな》したりする。

カインは背後《はいご》をちらりと振り向いた。なにもいないように見える。

だが暗闇《くらやみ》のなかに目をこらすと、物陰《ものかげ》から物陰に、ささっと素早《すばや》く動く人影《ひとかげ》が、かろうじて見て取れる。

アサシンさんだ。彼女はいつもそうやって、皆のあとを、こっそりとつけてきている。

「――おなか、すきました?」

　カインは暗闇の中にそう問いかけた。こくりと――うなずきの返る気配《けはい》が、暗闇の中から伝わってきた。うん。彼女もおなかがすいている。

　ダンジョンの中では、とても珍《めずら》しいことだけど――。ここしばらく、モンスターとまったく出くわしていない。よって、食材がまったく確保できていない。太陽もささない迷宮《めいきゅう》の中を歩いているので、時間はよくわからないけど、まる一日くらい、なにも食べていない気がする。

「うー！　あー！　暴れてーっ！　なんだか無性《むしょう》に暴れてーっ！」

　リーダーが叫《さけ》びはじめた。剣をぶんぶんと振り回しはじめる。もはや一刻《いっこく》の猶予《ゆうよ》もならない。

　カインは通路の真ん中にいきなりしゃがみこんだ。荷物を下ろしてほどきはじめる。

「おい。ナニしてんだよ？」

「キャンプの準備ですよ。――ごはんにしましょう」

　ここはダンジョンの最下層。あたりには危険なモンスターがいっぱい棲息《せいそく》している。こんなところでキャンプを張るのは、大変――危険だ。正気《しょうき》の沙汰《さた》でないともいう。

　だがそれをいうなら、そもそもカインは冒険者《ぼうけんしゃ》でもなんでもないわけだ。ダンジョンのこんな深いところに来ていること自体、正気の沙汰ではないわけで――。

　あと通路のど真ん中なんだけど。通行の邪魔《じゃま》になったりはしないだろうかと、考えて――。

　ま。いっか。いまは一刻を争《あらそ》うし。

　こんなダンジョンの最下層で、別の冒険者のパーティの通行の邪魔になる確率は、ゴーストタウンの往来《おうらい》で寝ていて馬車に轢《ひ》かれる確率より低い。往来のど真ん中で食事の支度《したく》をはじめてしまっても、誰の邪魔《じゃま》になるはずもない。

「食べたいのは、ヤマヤマなんだけどさー……」

リーダーは人差し指を口にくわえて、そう言った。その仕草《しぐさ》がちょっとだけカワイかった。

でもそんなことを口にしたら、きっと、ものすご～く怒られてしまうだろうけど。

「だー！　かー！　らー！　たべたくってもー！　なんにもないじゃんよー！」

地団駄《じだんだ》を踏んでリーダーが言う。

ああ。ほら。幼児化《ようじか》。はじまっちゃった。

「あ、あのあたりに向けて魔法を撃《う》ちこんだら……、魔物の一匹や二匹、いないだろうか……」

魔王さまが杖《つえ》を構《かま》えて暗闇《くらやみ》の奥を狙《ねら》う。

ああ。ほら。破壊衝動《はかいしょうどう》。はじまっちゃった。

「だいじょうぶです。僕がなんとかします」

「だーかーらー！　なに！　なんなのさっきから！　ハラへってんだから！　――泣くよっ!?」

「泣かないでください。すぐですから」

荷物の一番底から、カインが取り出したのは――。

干《ほ》した肉。一度煮《に》てから乾燥《かんそう》させた豆。そして乾燥させたトマト。

「食い物だっ！」

リーダーが叫《さけ》ぶ。その顔がぱあっと輝《かがや》きを放《はな》った。

ダンジョンの中で食材を調達《ちょうたつ》するのがＧ　Ｅ《グッドイーター》の流儀《りゅうぎ》ではあるけれど。もし食材が見つからなかったときのために、カインは乾燥させた保存食を、すこしだけ持ってきていたのだ。

「こんなこともあろうかと思って、リュックにすこし入れておいたんです。保存のきく食材を」

「でかした！　おまえすごいやつだよ！　えらいやつだよ！」

「ありがとう！　本当にありがとう！　君は我《われ》らの救世主《きゅうせいしゅ》だ！」

空腹《くうふく》の過ぎる二人に、ひどく感謝された。まったく大袈裟《おおげさ》なんだから。

食材の匂《にお》いに惹《ひ》かれたのか、暗闇の奥から、すっと銀髪《ぎんぱつ》の美少女が現《あらわ》れた。

「──あ。アサシンさん。リーダーお願いします」

そのまま食材にかぶりついてしまいそうなリーダーを、魔王さまとアサシンさんとで取り押さえ──もとい、あやしていてもらって、カインは調理に取りかかった。

調理はまず火を熾《おこ》すところから。鍋《なべ》に水を張り、湯を沸《わ》かし、干し肉と乾燥豆を煮込んで、塩とコショウとで味付けを行《おこな》う。隠《かく》し味は乾燥トマト。ハラを満たすだけの〝エサ〟となるか、人を幸福にさせる〝料理〟となるかは、この食材で決まる。

たき火のまわりに皆で丸く座る。はふはふ、ずずーっと、スープを食べる音だけが響《ひび》く。

到底《とうてい》「ごちそう」とは言えないけど。でも空腹は最高の調味料という言葉が、よくわかった。

本日のメニューは、『干し肉と豆の質素《しっそ》なスープ（トマト味）』だった。

ミニ知識

GE《グッド イーター》

「おいしいものを食べる！」というシンプルな目的に支《ささ》えられた戦闘的飽食《せんとうてきほうしょく》集団《しゅうだん》。メンバーは、元勇者、元魔王、元暗殺者——と、あと一般人であるカインの現在のところ四名。キャッチ・アンド・イートを合い言葉に、ダンジョンで倒したモンスターを食べまくる。「強いやつほどウマい！」とは、リーダーの弁《べん》。その法則は、おおむね成り立っている模様《もよう》。

強さって?

いつものダンジョン最下層《さいかそう》。

いつものようにしゃがみこんで、カインは調理のための火熾《ひおこ》しをやっていた。

調理の基本は、まずは火熾しから。カチ、カチ、カチと、火打ち石にナイフの背《せ》を打ち当てて、火花を散らす。散った火花は、ほぐして細く裂《さ》いた干《ほ》し草に燃《も》え移らせてから、藁《わら》の束《たば》、小枝、大枝、大きな薪《まき》――と、順番に火を渡らせてゆく。いきなり薪に火を着けられたら簡単なのだけど、小さな火はすぐに消えてしまうから。なかなか楽はできない仕組みだ。

「手伝ってもいいかな」

「えっ?」

大人の女のひとの声が、後ろの高い位置からかけられる。顔を振り向けると――魔王さま。

「え? あれ? もう終わったんですか?」

たしか、ついさっきまで、リーダーと一緒に「食材」と戦っていたはずなんだけど。

魔王さまの立派な腰《こし》の脇《わき》あたりから、顔を出して、ずっと遠くを見てみると――。

剣を片手に、えい、えい、おー、と、高々《たかだか》と頭上《ずじょう》に突き上げているリーダーがいた。そのリーダーの足の下には、小山くらいある大きな体のモンスターが倒れている。

「あ……。もう倒しちゃったんですね」

「うん。終わったよ」

魔王さまは柔《やわ》らかい笑顔を浮かべた。世の人があれほど恐《おそ》れる《魔王》が、じつはこんな柔和《にゅうわ》な人だなんて――いったい誰が信じるだろう。

「それは。火をつければいいのかな？」

薪の山を見て、魔王さまはそう言った。

「え？　はい。そうです」

魔王さまが手をかざす。口の中で小さく「ファイヤー」とつぶやくと、火球《かきゅう》が飛び出した。

薪に一瞬にして火がついてしまった。火熾しに苦労していたのが嘘《うそ》のようだ。

「おーい。はやく焼いてくれよー」

リーダーが倒したモンスターをずるずると引きずってやってくる。手が握《にぎ》っているのは蛇《へび》みたいな尾《お》っぽのところ。その先に続いている胴体《どうたい》は、どう見ても鶏《にわとり》のもの。ただし体長二メートルはある鶏だ。鶏の体に蛇の尾を持つ魔獣――コカトリスである。

今回の目当てのモンスターではないのだが、たまたま巣《す》の前を通ってしまって、襲《おそ》いかかられてしまったので、倒すことになった。倒したら食べなければならないのが、ＧＥ《グッドイーター》の掟《おきて》だ。

さて。どう料理しようか？

蛇と鶏の姿をしているのだから、きっと味のほうも、鶏か蛇かのどちらかのはずだ。なら唐《から》揚《あ》げがいいだろうか？　それとも串に刺して素焼《すや》きにして、塩で食べるというのも……。

「君は、強いね」

「え？」

調理方法に悩《なや》んでいたときに、意外なことを魔王さまから言われて、ぎょっと振り向く。

強い？　僕が？　どこが？　どうして？

「君はそのコカトリスに襲《おそ》われたら、ひとたまりもなく死んでしまうのだろう？」

「ええ。そりゃまあ……」

カインはうなずいて返した。自分はリーダーのように元勇者でもなく、魔王さまのように元魔王でもない。単なる一般人なのだから、当然だ。

「なのにどうして恐《おそ》れていないのかな？」

言われてみれば、たしかにそうだった。

「えーっと……、それは……、うーん……、うーん……」

しばらく考えつづける。自分がダンジョンの奥底《おくそこ》で、こうして平然《へいぜん》としていられる理由。自分の中に答えを探《さが》してみると、見つかったのは――。

「……諦《あきら》めているんじゃないでしょうか？」

「諦める？　なにをかな？」

カインの答えを長いこと辛抱《しんぼう》強く待ってくれていた魔王さまは、卵形《たまごがた》の頭と立派な角《つの》とを、ほんのわずかに傾《かたむ》けると、そう訊《き》き返す。

「リーダーと、魔王さまと、あとアサシンさんに——」

——と、カインは近くの暗がりに目を向けた。

姿は見えずとも、そのあたりから、こくり——と、うなずきの返る気配《けはい》があった。

「皆が僕のことを守りきれないようなことが起きたときには、その時は、その時だって——諦めているからだと思いますよ」

「強いね」

魔王さまはそう言って笑った。綺麗《きれい》なお姉さんから、とびっきりの微笑《ほほえ》みをもらってしまって、カインはちょっとドキドキしてしまう。

「つ、強くなんてないですってば」

「では光栄《こうえい》だと言おう。——そこまで信じてもらえているとは」

「やっぱり強くなんてないですよ。自分がどれだけ弱いのか、わかっているだけですって」

お姉さんの——魔王さまの笑顔がまぶしくて、カインはしきりに否定《ひてい》を繰り返した。

なにかほかのことで褒《ほ》められるのであればともかく、「強い」なんて言われたら、謙遜《けんそん》し続けるしかない。いや。これは謙遜とかでなくて。単なる事実だし。

「それでは——私たちを信じてくれる君の気持ちが強い、と——そういうことでいいかな?」

チャーミングな笑みを浮かべる魔王さまに、カインはただ、うなずくしかなかった。

強いんだね、君は

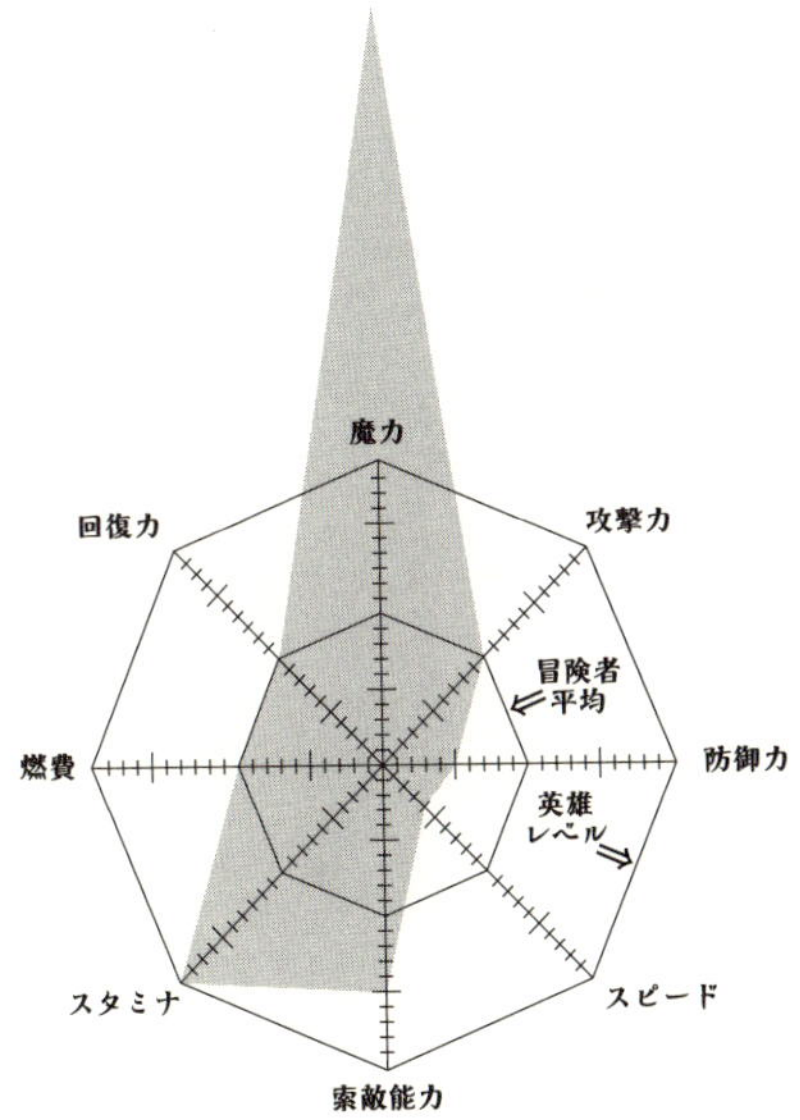

キャラクター・プロフィール

【魔王さま】

CHARACTER PROFILE

元魔王。クールで理性的な魔族の女性。学問と本を愛する女性であり、魔族にしてはめずらしく、戦いを好《この》まない。だが平和主義者というわけではなく、降《ふ》りかかる火の粉《こ》はきちんと武力《ぶりょく》で振り払う主義。歴代《れきだい》の魔王のなかでも群《ぐん》を抜くほどの超絶的《ちょうぜつてき》な魔力を持ち、その力のおかげで魔王をやらされていた。魔王である彼女が食べられたのは、毒味役《どくみやく》が検分《けんぶん》したあとの冷《さ》めた料理ばかり。「おいしいもの」を求めて勇者とともに出奔《しゅっぽん》する。

慣れてきた？

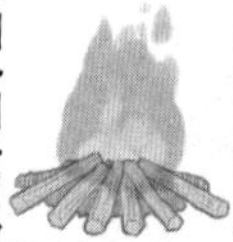

「おま。最近。慣《な》れてきたみたいじゃん」

いつものダンジョン。いつもの最下層《さいかそう》。

たき火に薪《まき》を追加していたら、リーダーからそんな言葉をかけられた。

カインは振り返り、体ごとリーダーに向き直った。

「そうですか？　自分じゃよくわかりませんけど」

彼女のカップが空《から》なことに気づいて、そこに食後のお茶を注《つ》いでゆく。

「あ。こういうことですか？」

カインは訊《き》いた。——つまり、よく気がつくようになったと？

「ちがうよ」

リーダーは、にかっと笑うと、お茶をずずっと吸《す》いたてた。彼女の好むお茶は、東のほうの緑のお茶だ。すすって飲むのが作法《さほう》らしい。その逆に、すすることが不作法《ぶさほう》とされる紅《あか》いお茶もあって、そちらのほうがむしろ一般的だ。猫舌《ねこじた》の彼女は選択肢《せんたくし》が少なくなる。

「そっちじゃねーよ。——おま。最近は。ビビってねーじゃん」

リーダーはまた笑った。今度は歯を剝《む》いて笑う。

「まえは、おまえ。ちっちゃいモンスターがちょろっと走ってきたくらいで、わー、ギャー、ひゃー、って、いちいち、うるさかったじゃん？」

ポニテの先を跳《は》ね回らせて、リーダーは身振り手振りで大袈裟《おおげさ》に演じる。元から赤い髪の毛が、たき火の光に照らされて、さらに赤く燃《も》えるように見える。

「あれはちっちゃいほうに入るんですね……」

そこまで大仰《おおぎょう》にびっくりした覚《おぼ》えはないんだけど……。まあ。覚えはあった。

リーダーの言うのは、彼女たちにくっついてダンジョンに入るようになって、すぐに出会ったモンスターのことだった。体重一トンはありそうな大型獣《じゅう》だった。肉は固そうに思えたが、実際に食べてみたら柔《やわ》らくて美味《おい》しかった。ちなみに牛三頭分の肉が取れた。持ち帰って地上で売れば一財産《ひとざいさん》になったかもしれないが、すべて皆の胃袋《いぶくろ》に消えた。

あれがちっちゃいほうなんだ。

たしかにリーダーが無造作《むぞうさ》に振るった剣の一刀《いっとう》で、縦割《たてわ》りにされて、半身《はんみ》になっていたけど。

「おま。あんなのに。マジ愉快《ゆかい》に。いちいち騒《さわ》いで。そんで。オレの後ろに隠《かく》れにきて――」

「リーダー……。リーダー。ほら？」

カインは指摘《してき》した。

「う、ううん……！　わ、わ、わ……わたしっ。……これでいいんだろ？」

「はい」

カインはにっこり笑うと、うなずいた。

リーダーはよく自分のことを「オレ」と言う。その癖《くせ》を直すと言い張ったのはリーダーで、いちいち指摘《してき》する役目を仰《おお》せつかったのはカインというわけだ。

勇ましくていいんじゃないですか、とは、言ったのだ。しかしそれが逆効果だったか。彼女は「絶対直す!」と、頑《がん》として譲《ゆず》らず、そして現在に至る。

だけどいまだに直る気配《けはい》はぜんぜんない。いつ直るんだろう。

「リーダーはいつまでも慣《な》れませんね」

「な?　なんだよ?　オレがなんだっていうんだよ?」

「リーダー。リーダー」

「わ、わ、わ——わたしっ!　こ、これでいいんだろっ!」

顔を真っ赤にさせてリーダーは叫《さけ》ぶ。ちょっと可愛《かわい》い。

「なんでそうまでして慣れないとならないんでしょう」

「いいかっ。フツーの女の子ってのはな!　ゆーもんなんだ!　〝オレ〟じゃなくて、〝わたし〟って!　わ、わ、わ——わたしは決めたんだ。勇者やめる!　フツーの女の子になるっつーたら!　なるのーっ!」

「〝わたし〟のほかにも、〝あたし〟っていうバージョンもあるかと思います」

「難易度《なんいど》たけえよ!　もっとだよ!」

「そうですか」

よくわからないが、そういうものかと、カインはうなずいておいた。

「そういえば、僕、このあいだ魔王さまにも言われましたっけ。リーダーと同じようなこと」

「え？　なに？　アイツも言ったの？　ビビり癖が直って逞《たくま》しくなってきたじゃん、とか？」

「いえ魔王さまに言われたのは……、そんなこと、あるはずがないんですけど。僕が〝強い〟って言うんですよ」

「なんでおまえが強いの？　んなわけないじゃん。よわよわじゃん。わたしらに守ってもらわねーと生きていけねーじゃん。わーきゃーひゃー！　って、言わなくなっただけじゃん」

「僕もそう言ったんですけどね。でも魔王さまは言うんですよ。モンスターに襲《おそ》われたら、ひとたまりもなく死んじゃうのに、平気でいられるのが強い……って。僕的にはただ諦《あきら》めているだけなんですけどね。諦めるのは昔から得意でして。ほら。リーダーたちに、荷物持ちとしてスカウトされたときも、僕、素早《すばや》く諦めて、すぐに観念《かんねん》したじゃないですか」

あれ？　冗談《じょうだん》で言ったのだけど……。リーダーの顔が……、とっても……、暗くなった？

「おま……。いやだった？　わたしらと一緒にダンジョン潜《もぐ》るの……、じつは、やだった？」

「そんなことないですよ。いい仕事をくれて感謝してます」

「そっかあ」

リーダーは、にぱっと笑った。

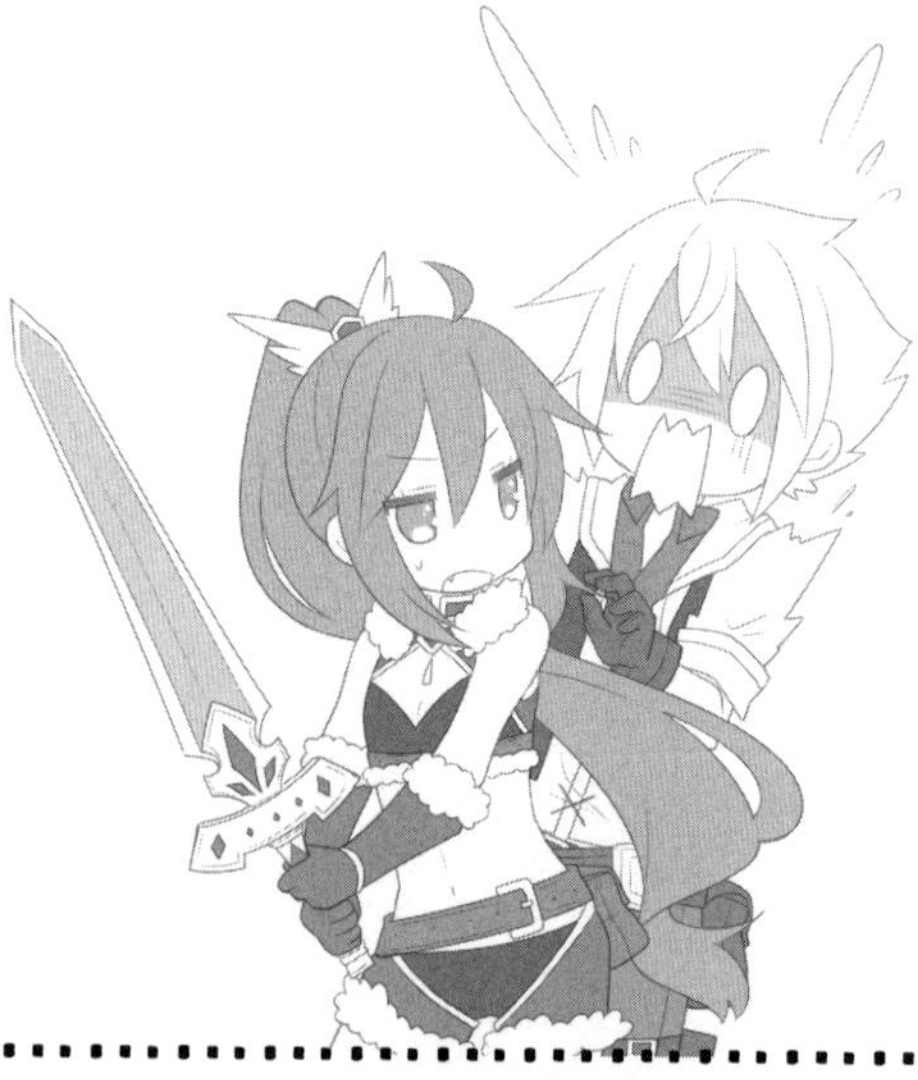

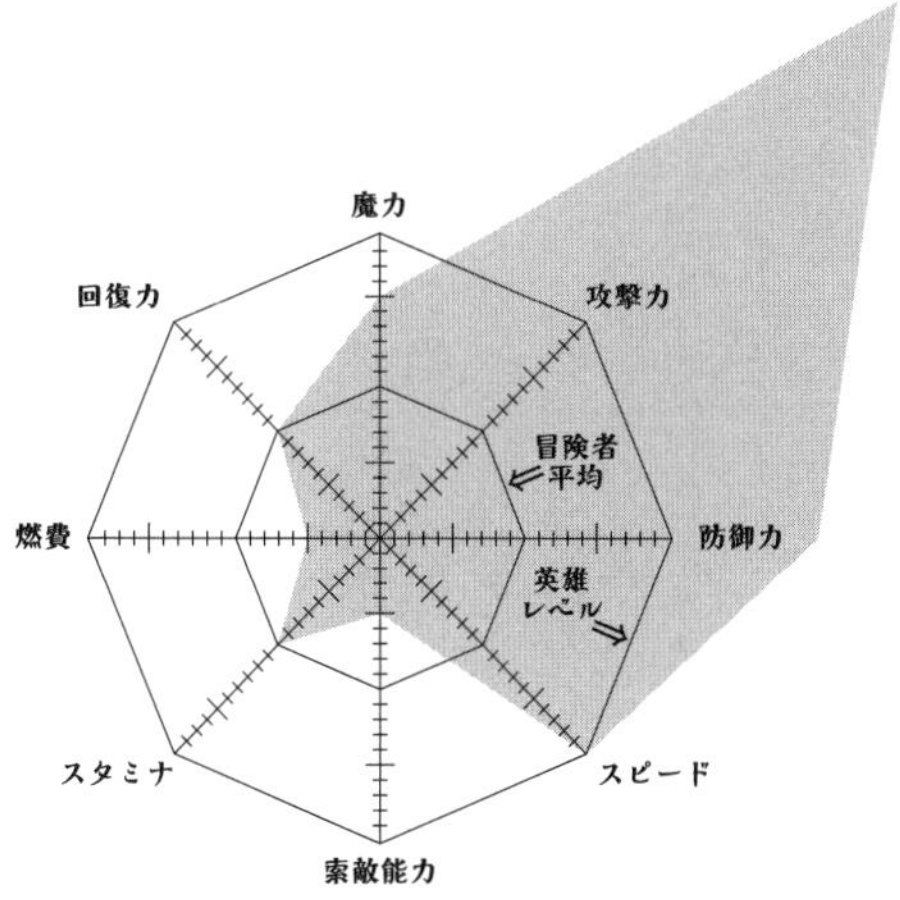

CHARACTER PROFILE

キャラクター・プロフィール

【リーダー】

元勇者。GE《グッドイーター》のリーダー。年齢《ねんれい》は１４～１７歳くらい（正確な年齢は本人も知らない）。戦場《せんじょう》育ちの孤児《こじ》。孤児だった彼女は軍隊に拾《ひろ》われて育ち、その後も、勇者として戦い漬《づ》けの生活をしていた。そのために一般常識がすっぽりと抜け落ちている。歴代《れきだい》勇者のなかでも群《ぐん》を抜いて高い攻撃力を持つ。まずい軍用レーションばかりの食事に飽《あ》き飽きして、「おいしいもの」を求めて魔王とともに出奔《しゅっぽん》する。勇者をやめた現在の目標は「普通の女の子」になること！

アサシンさんのごはん

「アサシンさーん……、ごはんですよー」

銀のボウルをエプロンの端《はし》で、きゅっきゅっとピカピカに磨《みが》きあげてから——そのボウルにたっぷりと食事を盛りつける。

本日のごはんは、豆とジャガイモと「なんだかよくわからない生き物のお肉」のごった煮であった。まだダンジョンの浅い階層《かいそう》なので、モンスターらしきモンスターがいない。リーダーの提唱《ていしょう》する「強いモンスターほどウマい」という話は、まあいくらかの例外はあるが、だいたいその通りで——。浅い階層に出てくるモンスターは、弱いぶん、あんまり美味《おい》しくない。とはいってもカインくらいなら瞬殺《しゅんさつ》であるのはまちがいない。

「アサシンさーん……！」

カインはまたそう叫《さけ》んだ。さっきから呼びかけてはいるのだが、彼女の姿はやっぱり現れない。たき火のオレンジ色の光が照らし出す範囲《はんい》は、十メートルとか、二十メートルとか、そんなもので……。その先は暗闇《くらやみ》に覆《おお》われている。

リーダーや魔王さまなら、スキルないしは種族特性で、暗闇でも見通せたりするのだろうけど、一般人であるカインにとっては、暗闇は本当に暗闇だ。なにが潜《ひそ》んでいるのかわからない原初《げんしょ》の暗闇だ。

この場合、潜んでいるのはアサシンさんなわけだけど。

アサシンさんというのは仮の名前だ。本当の名前は教えてくれないので、カインが勝手に付けた呼び名である。

なんでも彼女は暗殺者であるらしい。なぜか勇者と魔王を付け狙《ねら》っていて、ダンジョンのこんな奥地までこっそりとついてきている。暗殺者である彼女が〝仕事〟にとりかからないのは、リーダーと魔王さまの二人が、元勇者と元魔王であるからだそうで――。二人が現勇者と現魔王に戻ったその瞬間に任務《にんむ》を果たすべく、常《つね》に二人を監視《かんし》しているのだそうだ。

――ということを、カインは、数少ないコミュニケーションの機会を使って聞き出していた。口数の少ない彼女のこと。実際にはだいぶ推測《すいそく》まじりではあったが。たぶんそれほど間違っていないはず。

彼女は外見的には、普通の女の子だった。

カインとそう変わらない年齢《ねんれい》に見える。かなり可愛《かわい》い女の子で――スカートだとか、普通の街娘《まちむすめ》の格好《かっこう》が似合いそうだ。だけど着ているのは黒い戦闘服《せんとうふく》だ。

だけど、アサシンさんって……。

元勇者と元魔王だから暗殺しないとか――。きっと完璧《かんぺき》主義か、さもなければ任務に忠実すぎるかのどちらかなのだろう。いつも無表情な彼女の感じからすると、後者《こうしゃ》のほうな感じがする。きっと、超がつくほどに真面目《まじめ》なひとで――。

ごはんだって。豆の一粒《ひとつぶ》も残さないで食べてくれているし。うん。きっとそうに違いない。

「アサシンさーん……？」

暗闇《くらやみ》の奥に向かって、もう一度、声をかけてみる。

ずっとあとをつけてくる彼女のために、カインは一人分多く料理を作ることにしていた。

食器も彼女専用のもの。ただ地面にそのまま置いてしまっているので、なんだか、犬用のごはんみたいになっていて――。カイン的には、そこが気になっているところだった。

「アサシンさーん……？」

もういっぺんだけ、声をかけてみる。

しかし、プロの暗殺者である彼女の気配《けはい》が、一般人であるカインなどに感じ取れるはずもなく――。いるのか、いないのか、まったく、それさえもわからない。

「ごはん。ここに置いときますよー。……置いときますからねー？　冷《さ》めないうちに食べたほうがー、きっとー、おいしいと思いますよー？」

一人芝居《しばい》を打つ虚《むな》しさを噛《か》みしめつつ、一般人の無力さにつくづく苛《さいな》まれながら、カインは食器を地面に残して、たき火のほうに戻っていった。

「おまーも。たいがいだな。ほっときゃいいのに」

「そうもいきませんよ」

紅月光の運命の選択

text 鏡貴也

今回の任務は最も厳しいものになるはずだった。

世界第三位の力を持つ魔術組織――テンペロン・クローリーすら超える凶悪組織、《軍》の領域《テリトリー》に、リーネ、千夜、クララの三魔女たちは潜入しているのだ。

だからリーネは緊張の面持ちで……

「いやー、やっぱ日本のセーラー服ってかわいいよねー」

千夜も緊張の面持ちで、

「んねー、着てみたいなあ」

クララも緊張の面持ちで、

「リーネさんも千夜さんもかわいいから、きっと似合いますよ～」

と、結局誰も緊張の面持ちじゃなかった。それにリーネがクララを見て言う。

「とかいってみんなで着替えたら、クララが一番似合うとかありそうだよね～、このロシア美人が！」

「え！ なんで私が急に標的に!?」

続いて千夜が言う。

「この爆乳お嬢様が！」

「えええー」

さらにリーネと千夜が言う。

『この爆乳娘が！ 自慢すんな！』

「ええええええー」

なんてわーきゃー騒いでいるところで、リーネがふと、妙な殺気を感じて、振り返る。

すると、そこには、一人の男が立っている。

紅月光とかいう名前の、この《軍》という組織の代表にして、宮阪高校生徒会室の俺様生徒会長だ。

他にもこいつは、《最古の魔術師》だの、黒兎だの、雷の悪魔だのを飼っているらしいのだが。

とにかくそいつが、なぜか見たこともないような偉そうな顔で突然言ってくる。

「おい、そこの馬鹿魔女……なぜ脳みそ中学レベルのガキが俺の高校にいる？ とりあえず100円よこせ！」

もう、わけがわからなかった。なぜ突然怒鳴られたのか？ なぜいきなりカツアゲされたのか？ それよりなにより、なぜ100円なのかが全然わからなかったが。

とりあえずリーネたちは顔を見合わせてから――

リーネが言った。

「あいつぶっ殺す！」

続いて千夜が言った。

「これが今後百年続く、テンペロン・クローリーと《軍》との、激しい戦争の始まりなのであった」

最後にクララが、

「ひゃ、百年!? え、うそ、そんな壮大な話が、こんな購買で始まっちゃうんですか？」

というのに、紅月光が腰の剣を引き抜いて怒鳴った。

「上等だ！ 皆殺しにしてやる！」

月光が絡んだのが安藤美雷だった場合を知りたい人は――コミックス版『紅月光の生徒会室②』のカードへ

月光がなぜ絡んできたのか知りたい人は――原作小説9巻についてるカードへ

鏡貴也書き下ろし
コレクションカード
3
イラスト／江戸屋ぽち
12月の
いつか天魔の黒ウサギ
文庫×コミックス合同キャンペーン
紅月光の運命の選択
CARD 1
紅月光の選択理由はこちら!
ファンタジア文庫
いつか天魔の黒ウサギ9
著:鏡貴也　イラスト:榎宮祐
(富士見書房刊)
CARD 2
紅月光のもう一つの選択結果はこちら!
角川コミックス・エース
いつか天魔の黒ウサギ 高校編
紅月光の生徒会室②
漫画:今田秀士
※初回生産限定でコレクションカードが封入されています。
©鏡貴也・榎宮祐/富士見書房　©江戸屋ぽち/角川書店

リーダーに言われたが、カインはそう返した。ここは譲《ゆず》れない。

「感謝されてっかどうかもわかんねーし。向こうにしてみりゃ、毒を入れられてないかとか、こええんじゃねーの？」

「そうかもしれませんけど……」

「わざわざ食いもんわけてやんなくたって、ハラへったら勝手になんか倒して食うだろ」

「そうですけど」

たしかにアサシンさんは、ダンジョンの最下層《さいかそう》まで平気でついてきているわけで、それは物《もの》凄《すご》い強さであるということを示しているわけで――。だいたい、勇者と魔王を暗殺しようというくらいなのだから、とんでもない強さであることは、間違いないわけで――。

だけど、どうせ食べるなら、おいしい料理のほうがいいと思うのだ。そのほうがお腹も心も温かくなる。自分の料理の腕前《うでまえ》は、ぜんぜんたいしたことはないけど。素人《しろうと》に毛の生《は》えた程度だけど。それでも〝生肉《なまにく》〟を食べるよりはマシなはず。

「うん。ほら。……終わったみたいだよ？」

「えっ？」

魔王さまに言われて、カインは振り向いた。急いで食器を置いた位置に行ってみる。

そこには、きれいに空《から》になった食器と、メモが一枚。

そのメモを取りあげて、読んでみると――。「おいしかった」と、そう書かれていた。

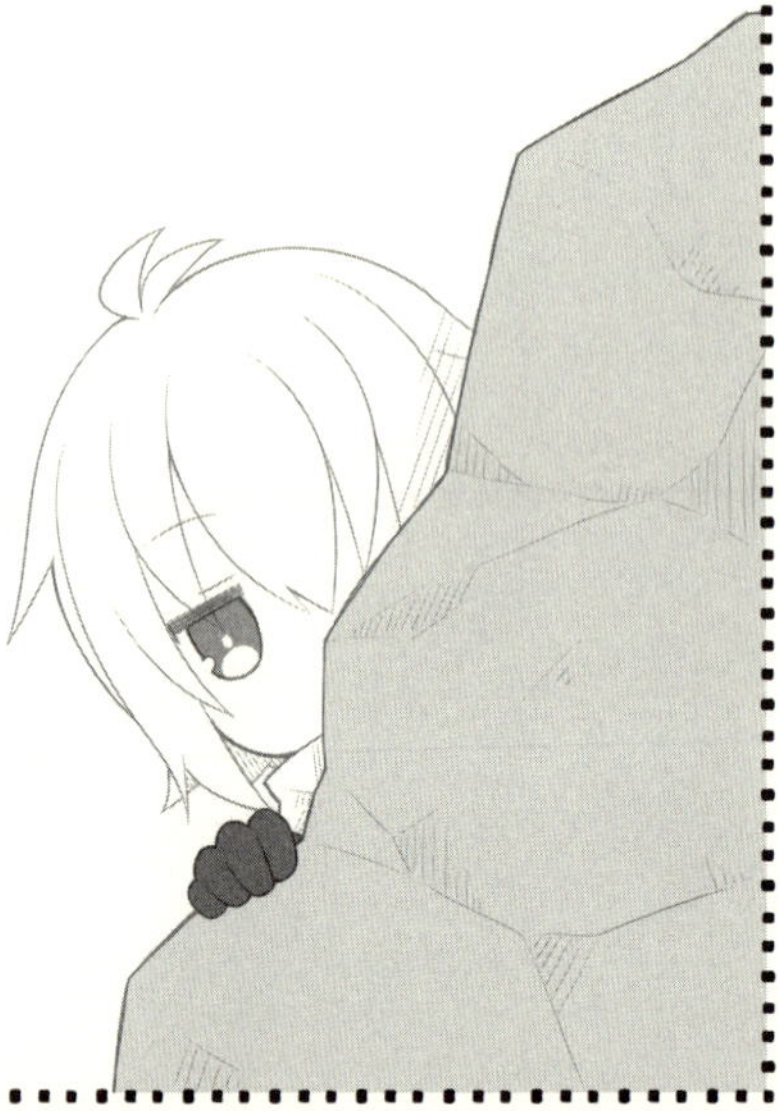

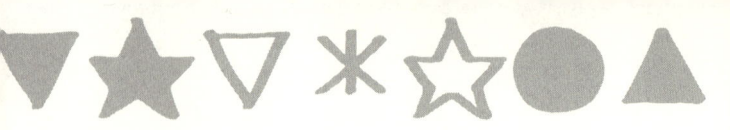

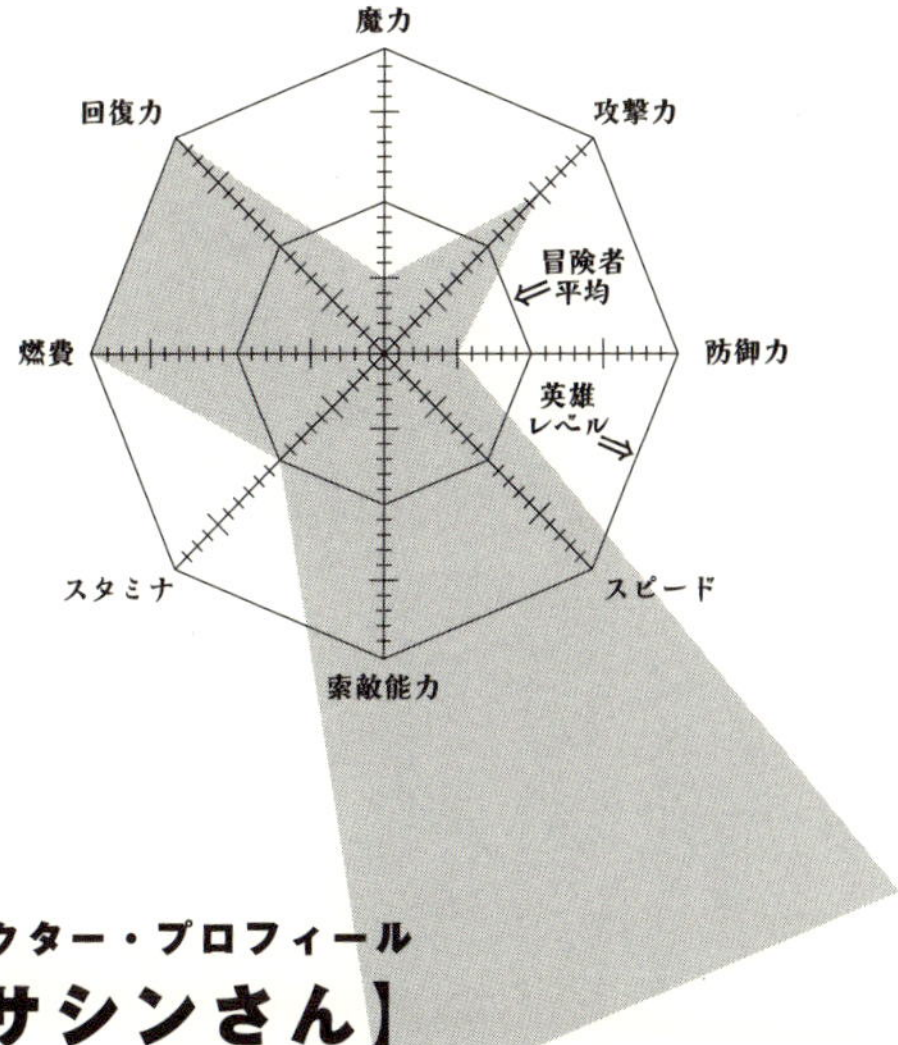

CHARACTER
PROFILE

キャラクター・プロフィール

【アサシンさん】

元暗殺者。とある“機関”に育成された凄腕《すごうで》の暗殺者。戦闘力は勇者＆魔王級。「魔王と勇者を殺せ」という任務《にんむ》を受けている。任務にとても忠実。忠実すぎて融通《ゆうづう》が利《き》かないほど。無口かつ無表情だが、感情がないわけではなく、表現の仕方《しかた》を知らないだけ。

石のスープ

いつものダンジョン。いつもの最下層《さいかそう》。

「やっべえ……、倒しちゃったよー……、これー……」

リーダーが顔をしかめきって、そうつぶやいた。

剣を鞘《さや》に収めることもせず、倒したモンスターを困った顔になって見下ろしている。

いま倒してしまったモンスターは、カインでも名前を知っていた。「リビング・ストーン」という種類。名前の通り、岩で出来たモンスターである。

強さは――よくわかんないんだけど。かなり強いモンスターのはず。中級くらいのパーティでも、この一体で全滅《ぜんめつ》することがあるとも聞く。――普通なら。

うちのパーティの場合には、出会い頭《がしら》に襲《おそ》いかかられて、うわってなって、びっくりして振った剣の一振《ひとふ》りが偶然《ぐうぜん》当たって、それだけで撃沈《げきちん》されちゃうカンジ。

「ど、どうするんだっ、ゆ、勇者っ――、倒してしまった、倒してしまったぞ！」

いつもは冷静な魔王さまが、なぜか、うろたえぎみになっている。

「勇者ゆーな！　もう引退してんだ！」

「では――リサっ！　なんてことをしてくれたんだ！　倒してしまったら――食べなくては

ならないだろう！」

「呼び捨《す》て!?　ま――いいケド」

リーダーの名前〝リサ〟って言うんだ。はじめて知っちゃった。――じゃなくてっ。

「べつにいいじゃないですか。ほっといて行きましょうよ」

皆がなにを動揺《どうよう》しているのか、カインには、まったくわからない。

カインはモンスターの死骸《しがい》――というか、残骸《ざんがい》をよく見てみた。ごろりと転がっている岩は、まったくなんの変哲《へんてつ》もない普通の岩である。物質系モンスターでも、もっと上級の金属系になると、珍《めずら》しくて高価な金属塊《きんぞくかい》が手に入ることもあるそうだけど……。リビング・ストーンの場合には、本当にありふれた石に変わるだけ。

倒したモンスターを美味《おい》しく頂くことを目的に、ダンジョンに潜《もぐ》っているＧ　Ｅ《グッドイーター》ではあるが、さすがにこれは食べられないだろう。

「ほら。行きましょうよ。リーダー」

そう声をかけるが、リーダーは立ち尽くしている。魔王さまも立ち尽くしている。その顔色はこころなしか青く見える。薄暗《うすくら》がりでよく見えないけど。

「……リーダー？　……魔王さま？」

「だ、だ、だ――、だめなんだっ！　た、た、た――、倒したら、食べなきゃいけないんだ。そ、そ、そ……それがＧＥの掟《おきて》だ」

「いや無理ですって」

カインは言った。いや無茶ですよ。石ですし。

「ばかっ！　自分で決めたことを曲げるのは――、よ、よくないんだぞっ！」

リーダーは剣をぶんぶん振り回しながらそう主張する。

「リサが倒すから……、リサが倒してしまうから……、脅《おど》かして追い払えばよかったんだ……」

がくがくぶるぶると小刻《こきざ》みに震《ふる》えながら、魔王さまが言う。

「あいつが飛び出してくるから！　わたし――び、びっくりして！　びっくりしたんだぞっ！」

二人ともパニックになっている。

暗がりから姿を現したアサシンさんと顔を見合わせて、カインは肩をすくめてみせた。

「わかりました。なら僕が――。なんとか料理法を考えてみます」

「ほんとかっ!?」

リーダーの顔に、ぱあっと浮かんだ希望の色がまぶしく思えた。

岩の山を前にして、カインは一人、悩《なや》みはじめた。まったくもう。すこしくらい〝ルール〟を曲げればいいのに。まあ。そういう真《ま》っ直《す》ぐなところが、リーダーの凄《すご》いところなんだけど。

単なる石を前にして、腕組みをして、しばらく考えこんでいたカインだったが――。

やがてふと閃《ひらめ》いた。昔々、おじいちゃんに聞かされた、とある遠い地の料理の記憶が、ふっと浮かんできた。その料理は石だけでは完成しないが、他にも食材を使えるなら――。

幸い、これまでの道中《どうちゅう》で、食べられる種類のモンスターをたくさん倒してきていた。食材はふんだんにストックされている。

カインは調理にとりかかった。

まず火を熾《おこ》す。鍋《なべ》に水を張る。適度な大きさに切った肉やキノコを水の中に投入《とうにゅう》する。でも鍋は火にかけない。水を張ったままだ。火のほうには、鍋のかわりに、アレを入れておく――。

「みんなー！　こっちに来てくださーい！」

準備が整《ととの》ったところで、カインは皆を呼んだ。

「これから料理をします」

言うがいなや、火の中でよーく焼いておいた石を、鍋の中に投入する。

じゅわ――っ！　ぼこぼこ！　ぐつぐつ！

石の持つ熱で、水がすぐに熱湯《ねっとう》にかわる。鍋は沸騰《ふっとう》しはじめた。

「はいっ！　リビング・ストーンの、石焼き鍋です！」

「おおーっ……」

ぱちぱちぱちと、どこからともなく拍手《はくしゅ》がわきおこる。

リーダーなど、涙まで流していた。

本日のメニューは、『リビング・ストーンの石焼き鍋』。具材はギガント・クラブと、巨大マイマイと、あばれマタンゴと、人食いハクサイだった。

ありがとう！ありがとう！
君は我々の救世主だ！
それほどですか

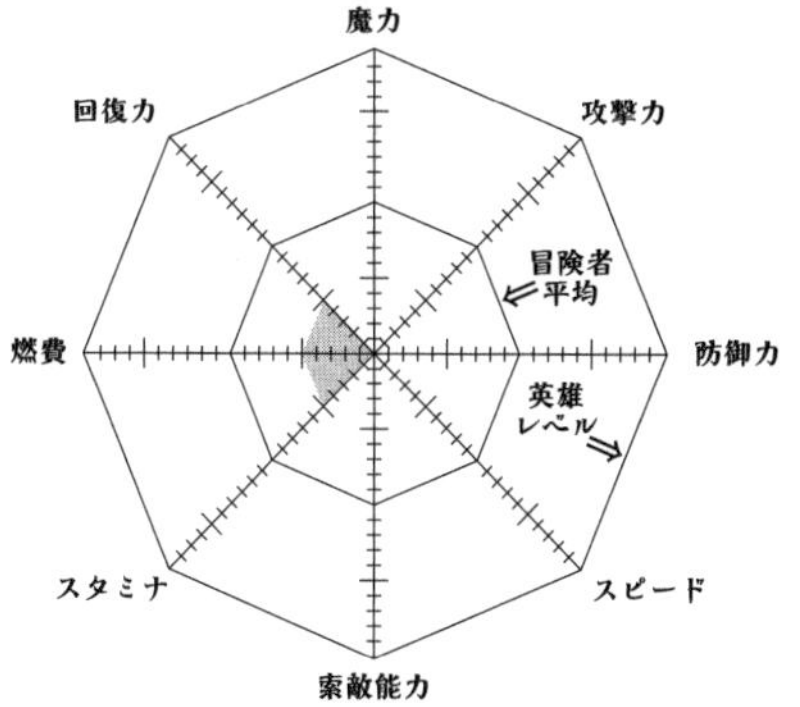

キャラクター・プロフィール

【カイン】

CHARACTER PROFILE

ごく普通の何の変哲《へんてつ》もない正真正銘《しょうしんしょうめい》の一般人。しいていうなら取《と》り柄《え》は「積《せき》載《さい》能力」。子供の頃から鍛《きた》えているおかげで、大きな荷物も苦にならない。料理の腕前《うでまえ》は本当に「人並み」でしかない。食べられる料理を「一応できる」という程度。でもリーダーや魔王さまは「生」で食べるか「黒焦《くろこ》げ」で食べるのかの二択《にたく》になってしまうので、カインは「料理人」として欠《か》かせない人材である。

ドラゴン・ステーキ

いつものダンジョン。いつもの最下層《さいかそう》。

カインはせっせと調理の支度《したく》にとりかかっていた。

背負《せお》っていた大荷物を地面に下ろして、まずは荷ほどきから——。重心バランスも考えた上でパズルのように詰めこまれた荷物は、計算され尽くした配置となっている。それは調理に必要な道具が、必ずしも一番上に入っていないという意味でもあった。つまりなにをするにせよぜんぶ開《あ》けてすべてを出さないとならない。

本日のごはんは「ドラゴン・ステーキ」。

ダンジョンごはんの究極《きゅうきょく》のメニューともいえる一品《いっぴん》である。世間一般的に〝最強〟とされるモンスターであるが、ＧＥ《グッドイーター》にとっては、美味《おい》しいごはんでしかない。

何回か来たことのあるダンジョンにカインたちは訪《おとず》れていた。さすがにドラゴンの棲《す》んでいるようなダンジョンともなると、入り口から最下層まで、まったく誰にも会いやしない。普段なら、いくら高難度《こうなんど》のダンジョンとはいっても、何組かとは途中ですれ違うし、なかには挨拶《あいさつ》を交《か》わし合うような顔見知りの高レベルパーティもあったりするのだけど——。

「あとどのくらいかかりますかー？」

「うおう！　もうすこしだ！」

「そうですかー。がんばってくださーい」

「リサ。もっと右に回りこんでくれないかな。その位置取りだと煉獄凍結《ゲヘナ・コールド》が撃《う》てない」

「おうさ！　いくぞ合体技！　勇魔ストラーッシュ!!」

「魔王さまもがんばってくださーい」

リーダーと魔王さまは戦っている。

さすがにドラゴンが相手ともなると、リーダーと魔王さまでも瞬殺《しゅんさつ》とはいかない。

戦いの内容に関しては、自分の関知《かんち》するところではない。自分はあくまでも荷物持ち、兼《けん》、料理番である。

カインは自分のすべき仕事に没頭《ぼっとう》した。

メインディッシュは当然ドラゴン・ステーキだが。付け合わせには、なにがいいだろうか。乾燥《かんそう》じゃがいもでマッシュポテトも作れるし、ブロッコリーを水で戻して青みを添《そ》えて、あとドライ・トマトでスープなんかも――。

「ええとリーダー？　ブロッコリー、だめでしたっけー？」

「つぶつぶがっ!!　つぶつぶがっ!!　アリエネーっ！　くらえ千枚下ろし《サウザンド・スラッシュ》！」

そうかだめなんだ。

リーダーにはなにか他のものを考えなければ。

「アサシンさんもー。ごはんー、もうすぐー、ですからねー」

ふと思いついて、カインはそこらの暗がりに適当に声を投げた。

凄腕《すごうで》の暗殺者である彼女が、どこに潜《ひそ》んでいるのかはわからない。でもきっと近くにいるはず。

メニューを頭に入れると、カインは調理の支度《したく》に取りかかった。

すべての料理は、なにはともあれ、まずは火熾《ひおこ》しからはじまる。火打ち石とナイフでカチカチと火花をあげる。魔王さまが手すきのときならお願いすれば魔法で一発なのだけど……。

簡単に火を着けられるような道具を作ってみたら、便利かな？　木の軸《じく》の先に火薬《かやく》とか塗《ぬ》ってみたらできないかな？　世の中のためになったりするかな。そしたらお金持ちになれちゃったりする？

ようやく小さな火だねができた。ふーふーと息を吹きつけて、火の勢《いきお》いを大きくしてゆく。

今日のメニューはステーキだから、強い火が必要だ。

この時期の赤竜は、起き抜けだから腹ぺこだった。腹ぺこだから凶暴《きょうぼう》である。腹を減らしたドラゴンの恐《おそ》ろしさといったら、誰もが知るほどで――。カインたちが常連《じょうれん》となっている酒場で、「腹ぺこ赤竜亭《せきりゅうてい》」という名の店があるのだが、その店名の由来《ゆらい》ともなっていたりする。

「うおおおぉぉぉ――っ!!　食わせろおおおぉぉぉォォォ!!　ハラへったあああぁぁぁ――っ!!」

背中のほうから、リーダーの叫《さけ》び声が聞こえてきた。

腹を減らしたリーダーもまた凶暴だ。腹ぺこ赤竜と、どっちが凶暴かっていうくらい。

「あ。消えちゃった」

余計《よけい》なことを考えて、うっかりしていたら、火は、あえなく鎮火《ちんか》してしまった。

ふーふーと、常《つね》に息を吹きつけてやらないと、小さな火はすぐに消えてしまう。

やっぱり発明しよう。火が一発で着けられる道具。

もういっぺん火打ち石を取り出して、カチカチとやっていると――。

「おおう！　肉！　肉とってきたぞー！　焼けえ！　焼けエエ！　ハラヘッター!!」

「えっ？」

振り向くと、そこに――巨大な肉の塊《かたまり》を背負《せお》ったリーダーがいた。

「ええっ!?　もう終わっちゃったんですかっ!?」

まだ三分も経《た》っていない。

「――まだ火を熾せていませんよう」

「はやくしろー!!」

リーダーの後ろに、足を引きずりながら立ち去ってゆく赤竜の姿が見えていた。

世間一般的に〝最強〟とされるドラゴンであったが――。瞬殺《しゅんさつ》とはいかないまでも、三分も持たなかったようだった。

ミニ知識

ドラゴン・ステーキ

ダンジョン内ごちそうの定番中の定番。ドラゴンは最強モンスターとしても有名であるから、食べるためには、それ相応《そうおう》の力量《りきりょう》が必要となる。だが元勇者と元魔王のチート級パーティなら、３分以内に狩ってしまえる。ＧＥ《グッドイーター》では「おいしさ」や「強さ」の単位として「１ドラゴン」がよく用いられる。

スノーメンのわたがし

「へくち！」

リーダーのくしゃみが、氷窟《ひょうくつ》に響《ひび》き渡る。

かわいいなぁ、と思ったのは自分だけではないだろう。ちらりと魔王さまに目をやると、彼女は微笑《ほほえ》みをリーダーに向けていて――カインと目があうと、ぱちりと片目をつぶってきた。

あっ。やっぱり。カインは魔王さまと二人で、謎《なぞ》めいた微笑みをかわし合った。

今日はＧＥ《グッドイーター》は氷窟にやって来ていた。氷の洞窟《どうくつ》だ。壁《かべ》も床《ゆか》も天井《てんじょう》も、すべてが透《す》き通った氷でできていて――。ダンジョンの中だというのに暗くない。なんとも幻想的《げんそうてき》な雰囲気《ふんいき》だ。

「しかし、冷えるなー……」

むき出しの二の腕をさすりながらリーダーが言う。

「そんな格好《かっこう》しているからですよー」

カインは言った。リーダーの格好はいつもとまるで同じ。ビキニスタイルの、アーマーともいえない革鎧《かわよろい》だ。まずお腹が出ている。おへそだって出ている。それで寒くないわけがない。

「寒いところに来るってわかっていたんですから。もっと厚着してくればよかったんですよ」

「勇者技能《ぎのう》、そのいちっ！　――勇者はハダカだって、〝気〟を高めれば寒くないいっ！」

「いえハダカにはならないでください」

「反応するのそこかよ？　〝気〟ってなんですか――とか、突っこめよー、説明させろー」

「いえ。そんな一般人が勇者専用スキルみたいなの知ったって意味ないです。僕もそれ努力すれば使えるようになるんですか？　〝気〟とかそういうの」

「難《むずか》しいな。生まれつきの素質《そしつ》がものをいう世界だからな」

「やっぱりだめじゃないですか」

「だけどハダカみたいなのっていえば、魔王だって――そーじゃん？」

リーダーはついっと魔王さまに流し目を送る。

「不公平だぞ。ヤツにも言え。ちくりと言葉のトゲで刺してやれ」

「べつに僕がそれ言ったんじゃないですから」

「ん？　ん？　つぎは私の番なのかな。いったいどんなふうに責《せ》められてしまうのだろうか」

「魔王さまは寒くないんですか？」

「魔族は人族《ひとぞく》よりも過酷《かこく》な環境に住んでいるからね。暑さ寒さには強いんだ。このくらいの寒さであれば、わりと平気かな」

魔王さまはマント一枚。しかも前をはだけている。肉体を冷気《れいき》にさらしているのに、その顔は寒いというよりは涼《すず》しげといった感じ。

「ところで本当にあるんでしょうか。その伝説の〝わたがし〟というの」

「なんだと。わたしを疑《うたが》うか。信頼のおけるうわさ話を聞きつけてだな——」

「うわさ話という時点で信頼性はすでにだいぶ怪《あや》しいんですが」

「まあいーじゃん。いなかったらいなかったで。——あのカエル。ウマかったし」

「スノー・フロッグですね。普通に唐揚《からあ》げが合いましたね。あっでも、次はもうできないですよ。油が切れましたから」

「そろそろデザートに目当てのものを食べたいところだね。あの伝説の——」

「そだな。あの伝説の——」

「だから本当にあるんでしょうか？　いるんでしょうか？　そのスノーメンってモンスター」

「物《もの》の本によれば、全身を白い毛で覆《おお》われた大猿《おおざる》のようなモンスターであり、別名を〝イエティ〟と呼ぶ。独自の闘法《とうほう》を持つ古き種族であり、かつては異界の邪神《じゃしん》を退《しりぞ》けたこともあるそうだ。その体毛は一見すると毛のように見えるが、じつは高密度なエネルギー体であり、口にしたときの食感は、ただひたすらに甘く、極上《ごくじょう》のわたがしにも似たもので——」

「つまり！　それだ！　それが〝伝説のわたがし〟であるわけだ！」

そんな話をしていたときだった。視界の隅《すみ》を、なにか白いものがよぎった。

「え？　あれっ？　——ねえ、あれ！　あれそうなんじゃないですか？　あの白いの！」

「ばーか。おまえなんかに見つかるはずが——って!?　いたあぁぁぁ!?」

奇声《きせい》をあげて指差すリーダーと、指差されて、きょとんと首を傾《かし》げているスノーメン。

「うっほ♪　うっほ♪　うっほっほ♪」

スノーメンは声を上げながら、なにかダンスを踊りはじめた。

「古代語だね。彼ないし彼女はこう言っている。――立つ。戦う。勝ったら。食ってよし」

「よっしゃー!!　うちらと同じルールだーっ!!　やったるわー!!」

戦いが始まった。勇者闘法。極大魔法《きょくだいまほう》。ありとあらゆる奥義秘技《おうぎひぎ》が飛びかった。その戦いは、氷《こおり》が溶《と》けてお湯が沸《わ》くほどだった。鍋《なべ》を洗うのにちょうどよかった。

流れてくるお湯で、鍋と食器をざぶざぶ洗っているあいだに、戦いは決着したらしい。

リーダーと魔王さまの戦っていた時間からすると、スノーメンの強さは、なんと「1ドラゴン」以上もあったようだ。ちなみに「1ドラゴン」という単位はＧＥ《グッドイーター》でよく使われるものであり、強さとウマさ、その両方に用いられる単位である。

「また生《は》えるころにーー!　くるからなーっ!!」

丸刈りにされたスノーメンが、氷窟《ひょうくつ》の奥に帰って行く。彼ないし彼女を、手を振って見送って――。

「さて!　食うぞ!」

山盛りにされた、ふわふわの綿毛《わたげ》を、口に入れてみると――。

「あっま――――〜〜〜〜い!」

〝スノーメンのわたがし〟の伝説は本当だった!　めちゃくちゃ甘くて美味《おい》しかった!

ともだち。
できた。
よかったな。

スノーメン。
うまかったなっ！

スノーメン自体じゃなくて、
スノーメンのわたがし
ですけどね。

彼もしくは彼女は、つぎは
毛の生《は》えかわりの時期に
遊んでくれと言っていたね。

遊んでないぞ。
食いにきたんだぞ。

リサゆーな

いつものダンジョン。いつもの最下層《さいかそう》へと向かう途中の道のり。

目的地への道中《どうちゅう》を、てくてくてくてく、ただひたすらに歩いてゆく。マップもなくて、下層に降りる場所がどこにあるのか、まったくわからない。いきあたりばったりの道筋《みちすじ》ではあるものの、歩いてさえいれば、いつかは突きあたる。ほかの冒険者さんたちとは違って、食料の心配もない。現地調達《ちょうたつ》がＧＥ《グッドイーター》の基本だ。調味料以外が尽きる心配はする必要がない。

「ねえリーダー」

「なんだ」

てくてくと歩きながら、カインはリーダーに話しかけた。

最近、ちょっと気になることがあった。暇《ひま》なので、ちょっと訊《き》いてみようと思った。

「リーダーって、名前……、リサっていうんですか？」

「ぶっ――!?」

リーダーは吹いた。ひどく慌《あわ》てて振り向いてきた。

「おまっ!?　なんでそれをっ!?」

ぎゅんと振り回されたポニーテールの先っちょを、カインは、ひょいと避《さ》けた。

「このあいだ魔王さまが呼んでいたのが聞こえてきまして」

「おまえか!? おまえか!? ――おまえのせいかよっ!?」

リーダーは魔王さまに詰め寄っていった。

「あはははは。ばれてしまったね。さあ大変だ」

魔王さまは面白《おもしろ》がっている。

なぜリーダーがそんなに慌てるのか、カインにはよくわからない。

名前を呼ばれたがっていないということは、なんとなく察していた。だからこの話題には、あまり触《ふ》れずにいたのだが……。しかし何度もダンジョンに潜《もぐ》っているのに、本名も知らないというのは、それは、どうなのだろう?

「本当に。リサは恥《は》ずかしがり屋だなぁ」

「リサゆーな!! あと恥ずかしがってるわけじゃないからなーっ!!」

とか言っているが。リーダーの反応は、あれは、どうみても恥ずかしがっている。

「なんでだめなんです?」

「だ。だ。だって変だろ」

「なにがです? リサっていう、その名前が?」

考えてみたが、べつに変だとは思えない。街とか村とかに、よくいる女の子の名前に思える。

「だーかーらー……。リサ、ゆーなー、よぅ……」

「べつに普通だと思いますけど」

「似合ってねーだろ」

「かわいいと思いますよ」

「ばっ!! ばか! ばか! しんじゃえ! ばかーっ!」

「あははは。リサは本当にかわいいなぁ」

魔王さまは笑っている。

「オレ……、勇者勇者、いわれてきたじゃん?」

「──ほらっ。リーダー。リーダー」

カインは言った。彼女が「オレ」と言ったときに指摘《してき》するのはカインの役目だ。

「オレ昔っから、勇者、勇者、って呼ばれてきてさ……。名前で呼ばれたことなんてなかったじゃん?」

「──ほらっ。リサ。リサっ」

「リサゆーな! わ、わ、わ、わたしっ。……これでいいんだろっ。だから聞けよ」

「聞いてますよ」

「慣《な》れてないんだっつーの」

「これから慣れてみてはどうでしょう」

「私も同感だね。本名を知られたら、支配されてしまうというわけでもないだろう」

「そういうおまえはどーなんだよ？　おまえだって〝魔王〟じゃん。本名で呼んでやるぞ。さあ言え。言ってみろ」

「ううん。私の本名は真名《マナ》だからね。知られると大変困る。字《あざな》でよければ。――《金色《こんじき》の魔眼《まがん》》と」

「魔王でいーよ」

「そうですね。魔王さまのほうが親《した》しみがあるかと」

「あはははは。これはしたり」

「ほ、ホントのコトいうとさ……、リサって名前……、なんか、カワイイじゃん？　だから似合わねーんだよ。ぜったい。にあわねーんだから……」

「リーダーって、いつも言ってましたよね。普通の女の子になるんだーって。リサっていうその名前、普通っぽいと思うんですけど」

「そ……、そうか？」

「ええ。とっても」

「い、いや……、でもだめだ。やっぱだめだ」

リーダーはむずがっている。結局。これからも「リーダー」のままで行くことになった。

本名を確認できただけで、よしとしよう。

ば、ばか！しんじゃえ！
かわいいと思うんですけど

ミニ知識

真名《マナ》

この世界にはあらゆるものに「真実の名前」があるという。その真実の名のことを「真名《マナ》」という。それを知ることは魔術的《まじゅつてき》に重要であるため、おいそれと他人に知らせてはならないとされる。

アサシンさんが来た日①

「はい。リーダー。お肉どうぞ」

いつものダンジョン。いつもの最下層《さいかそう》。

いちばん上手《じょうず》に焼けたお肉を、カインはリーダーに手渡した。

ちょっと失敗しちゃったやつは——それは自分用。昔々。カインがまだ子供だったころに、祖父《そふ》がそうしていたけど。その気持ちが最近になって、よくわかった。

「んっ」

がぶりといった。むにゅーと引っぱり、ぷっちんと千切《ちぎ》り、もぐもぐと食べる。リーダーは本当に美味《おい》しそうにお肉を食べる。

「はい魔王さま」

「ありがとう」

魔王さまにはお皿に盛りつけて渡す。

彼女はナイフとフォークを上品に扱って切り分けて食べる。ダンジョンの最下層の土の地面の上なのに、あたかも高級レストランであるかのようだ。

「つぎはアサシンさんですねー」

最後は銀《ぎん》のボウルにたっぷりよそった——「肉のせ麦粥《オートミール》」だ。

アサシンさんの好きなのは、水を少なめに固く炊《た》きあげた押し麦《むぎ》に、お肉をのせて食べるやりかたである。

彼女の故郷では、これを「どん」と呼ぶらしい。

本当は使うのは麦ではなくて、コメとかいう名前の穀物《こくもつ》らしいけど。このあたりでは、ちょっと手に入らない。

「はい。アサシンさん。ジャイアント・リザード・ドン。おまたせー」

「ん。」

アサシンさんはボウルを受け取った。そしてボウルを、じーっと見下ろしている。

見つめていると彼女は食べてくれない。だからカインは、ちょっとだけ目線を脇《わき》にやった。

「おかわり」

すっ——と、空《から》になったボウルが差し出されてくる。

もう食べ終わったらしい。すごい早さだ。

ボウルを受け取って、おかわりを盛りつけてゆきながら、カインは、じーんと感動を噛《か》みしめていた。

アサシンさんが食べてくれている……。

はじめの頃は、あんなに気難《きむずか》しかったアサシンさんだったのに。

何十メートルも距離を取って警戒《けいかい》していた彼女が、いまではたき火のまわりに座ってくれている。

そしてごはんを食べてくれている。

しかも手渡しでボウルまで受け取ってくれるなんて——!!

「なにニヤニヤしてんだよ？　キモチわりーな」

リーダーにそう言われた。

「え？　顔に出ちゃってましたか」

顔を撫《な》でさすりながらカインは言った。

「へんなやつ、へんなやつ、へんなやーつ！　……なに考えてたんだよ？　まさかヘンなことではあるまいな？」

「なんですかへんなことって？」

「へんなこととは、いったいなにかな？　なにかな？　カイン君は、いったいどんな邪《よこしま》なことを考えてしまったというのかな？」

魔王さままで、そう言ってくる。長い髪をかき上げ、豊かなその身を逸《そ》らしぎみにする。

なにかあらぬ誤解《ごかい》を受けている。カインは慌《あわ》てて釈明《しやくめい》にかかった。

「いえちがいますって。そういうのじゃなくって……。アサシンさんが、こうして、ふつーに食べてくれることが、うれしくって——」

「そーいや、こいつ、なつくまで、ずいぶんかかったよなー」

リーダーが言う。ボウルを手にしたまま固まっているアサシンさんに流し目を向ける。

「そうですよね」

いったんはうなずいたカインだったが、微妙《びみょう》に引っかかるところがあることに気がついた。

眉《まゆ》をひそめて、リーダーにその目を向ける。

「……その〝なつく〟って、それ、やめましょうよ。なんだか動物みたいですよ」

カインはアサシンさんのほうをちらりと見た。

アサシンさんは特に気にしたふうもなく、手にしたボウルをじーっと眺《なが》めている。

皆の目が離れる瞬間を待っているのだ。しかしいま話題の渦中《かちゅう》にあるわけで、しばらくは無理っぽい。

アサシンさんは、こうしてたき火のまわりまでやってきて、一緒に食事をしてくれるようになってはいたものの……。食べる瞬間だけは決して見せてくれないのだ。

「ふふっ……。たしかにそうだったね。まさしくあれは〝餌付《えづ》け〟といえたね」

「もうっ、魔王さままでー」

カインは魔王さまに顔を向けた。

まあ。たしかに。言い得《え》て妙《みょう》ではあるけれど……。

アサシンさんと出会った頃のことを、カインは思い返しはじめた……。

はい アサシンさん
ん。

ミニ知識

アサシンさんについてひとこと

「なに考えてるのか、わかんねーんだよ」

「感情表現は希《き》薄《はく》だけど。リサとはまた違うタイプでかわいいね」

「ごはん食べてくれるようになって、うれしいですよー」

アサシンさんが来た日②

「ねえ。なにかついてきていませんか？」

いつものダンジョン。いつもの最下層《さいかそう》へと向かう途中の道のり――。

なにか妙《みょう》な気配《けはい》に気がついて、カインはリーダーと魔王さまにそう言った。

「お？　気づいたんだ」

おや、という顔をリーダーがする。

「すげー。すげー。カインのくせにすげー」

「茶化《ちゃか》さないでくださいよ」

「いやホント。驚いてるんだってば。あれに気づくなんて、おまえ、けっこうすげーぞ？」

「あれ……、なんなんですか？」

後ろの暗闇《くらやみ》に目を向けつつ、カインは言った。

光の中と暗闇との境界線。――そのあたりに、なんだか、動くものが見えることがあるような気がするのだ。暗い道を歩いていると、なにかがつけてくるような錯覚《さっかく》を覚《おぼ》えたりするものだが――。これはたぶん錯覚じゃない。本当に、なにかがついてきているのだ。

「さあな。……なんなんだろうな」

頭の後ろで両手を組んで、そらとぼけた感じで、リーダーが言う。

「教えてくださいよー」

「いや。ホント。知らねーんだってば」

「我々《われわれ》を殺すと言っていたね」

「は？　なんなんですか？　それ？」

魔王さまが急にショッキングなことを言い出した。

「――ただし。いまのＧ　Ｅ《グッドイーター》となった我々ではなく、それをやめて、元の勇者と魔王に戻った我々のことを狙《ねら》っているのだそうだ」

「ですから。なんなんですか？」

「さあ……？　暗殺者と名乗っていたけど」

「うわ！　暗殺者なんですかっ!?」

カインはびっくりして後ろを見た。

ようやく事態《じたい》が理解できた。やはり錯覚でもなんでもなかった。本当になにかいた！　しかも暗殺者だった!?

「い……、いつからついてきていたんですか？」

「ずっとだぞ？　すくなくともおまえと出会う前からだったな」

「えーっ!?　そんなに前からだったんですか……。ぜんぜん気づかなかった……」

「いや。気づいたじゃん。すげーじゃん。だから褒《ほ》めてるんじゃん」

「ぜんぜん凄《すご》くないですよ……」

こんなに長いあいだ気づかずにいたなんて……。ちょっとショックだった。まあ一般人である自分と、勇者もしくは魔王である二人を比べること自体、間違っているのだけど……。

「だけど今日はなんだか距離が近いね。カイン君が気づいたのは、そのせいもあるのかな」

「さあ。ハラでも減ってんじゃねーのか?」

気軽な声でリーダーが言う。

ああ。そっか。暗殺者でも、おなかは減るんだ。カインはそのことに気がついた。


次のごはんのとき。

カインは一人前ほど多く、ごはんを用意した。

「おかわりー」

「ちょっと待ってくださいね」

リーダーにちょっとそう言って、カインは腰《こし》を上げた。

「おい。ちょっと。どこいくんだよ?」

「すぐ戻りますから」

たき火のまわりを離れて、暗闇《くらやみ》のほうへと歩いていった。ボウルに山盛りとなった食事を持ってゆく。

「おい。あぶねーぞー？」

「見えないところまでは行きませんから」

たき火の光が届くぎりぎりところまで行った。ボウルを地面に置くと、すぐにダッシュで戻ってくる。

皆の食事が終わる頃に、器《うつわ》を取りに行ってみたら――中身はすっかり〝空《から》〟となっていた。おもわずガッツポーズが出てしまった。

その次のときも、カインはボウルいっぱいの食事を用意すると、置きに行った。ただし昨日よりはちょっと手前に置いてきた。

また次のときも、カインはボウルに食事を用意して、アサシンさんのために置きに行った。前のときよりも十センチばかり手前に置く。ちなみに「アサシンさん」というのはカインが付けた呼び名だ。「暗殺者」だと言いにくいし親《した》しみもないし……。

またまた次のときには、失敗してしまった。アサシンさんの姿を見てみたいと思って、いきなり何メートルか手前にしてみたのだ。そしたら食べてもらえなかった。ボウルの料理は手つかずで、丸ごと残されていた。

やりすぎた。反省した。欲張ってはいけなかったのだ。

そして数センチずつ刻《きざ》んでゆく日々がはじまった。

ここにおいておきますよー

アサシンさんの日記

ミニ知識

月曜：トカゲ。きのこ。
火曜：こけ。ムカデ。
水曜：カエル。ワニ。（ごちそう）
木曜：カインのごはん。
金曜：カインのごはん。
土曜：カインのごはん。
日曜：カインのごはん。（死んでもいい）

アサシンさんが来た日③

「アサシンさーん。ごはんですよ～♪」

暗闇《くらやみ》の中に声を掛ける。そのカインに対して、リーダーが――。

「いやー、ちょっと無理なんじゃね？」

「以前にも何メートルばかり一気《いっき》に詰めて失敗したことがあったね」

「けど、もうだいぶ慣《な》れてくれていると思うんですよー。もうきっと大丈夫《だいじょうぶ》ですよー」

とある日のダンジョン。いつもの最下層《さいかそう》。

皆の目は地面に置かれたボウルに注《そそ》がれていた。

ダンジョンのボス的なモンスターを倒して、それをおいしく調理して、とびっきりのごちそうを用意した。そして本日の距離は「０」である。たき火のまわりを一席ぶんほど空《あ》けて、アサシンさんの場所を作っている。

ここ何回かは、かなりいいところまできていた。たき火との距離は、ほんの数メートルばかり。ごはんのボウルに近づいてきたアサシンさんを、はっきり見ることのできる距離だ。

アサシンさんは、なんと女の子だった。年はカインと同じくらい。銀色《ぎんいろ》の髪で、不思議な目つきをした女の子だった。黒いスーツに身を包んでいて、腰《こし》にはごっついナイフが二本刺さっている。そのあたりがいかにも暗殺者らしい。

ボウルを空《から》にするあいだも、彼女はカインたちに警戒《けいかい》の目を向け続けていた。食べ終わるまではじっとしゃがんでいて、食べ終わると、ボウルを残して暗闇の中へと戻っていった。

そしてついに本日。ボウルの置き場所は、たき火の「ど真ん前」となったわけだ。たき火の近くで数日ほど慣らしておいてから、残り数メートルを、一気に詰めるという計画だ。

待つことしばし――。アサシンさんが暗闇の奥から姿を現した。

ふんふん、すんすんと、まず周囲の匂《にお》いを嗅《か》ぐ。そして身を低くしながら近づいてくる。なんだか野生の獣《けもの》っぽい。

だがアサシンさんは、あと数メートルまで近づいてきたところで止まってしまった。これまで慣れていた距離から、その先に近づくことをためらっている。

「だいじょうぶですよ。アサシンさん。ほらおいしいですよ。ここにきて食べませんか。たき火のまわりは、ほら、明るくて暖《あたた》かいですよ」

「明るいから落ち着かねーんじゃね？　暗殺者だし」

「しっ。リーダー。だまって」

「ぶう」

リーダーをだまらせて、なおも辛抱《しんぼう》強く待っていると――。

アサシンさんは、ついにたき火の真ん前までやってきた。地面に置かれたボウルに手を出すかどうかで迷っている様子《ようす》だ。

カインはボウルを取り上げた。

「はい」

アサシンさんに向けて、何気なく差しだす。

ついうっかりと――という感じで、彼女の手はボウルを受け取ってしまっていた。

「あれ？」

手の中に収《おさ》まったボウルを見て、彼女は首を傾《かし》げていた。

それはちょっと前の出来事――。はじめてアサシンさんが、手渡しでごはんを受け取ってくれた日のことだった。


「はい。おかわりどうぞ」

「ん。」

三杯目のおかわりを差し出す。アサシンさんが手渡しで直接ボウルを受け取ってくれて、カインは喜びを噛《か》みしめていた。

「だからさっきからなんだっつーの。ニヤニヤして。キモチわりーの」

「いえ。あのときは本当に苦労したなぁ。と思いまして」

「ああ。餌付《えづ》けのコトか」

「だからそれやめましょうよー。アサシンさん、動物じゃないんですし」

「ずいぶんかかったものだね。ここまでくるのに。なにしろ数センチ刻《きざ》みだったものだから」

魔王さまに、うなずいて返す。本当にそうだった。アサシンさんに警戒《けいかい》を解《と》いてもらうために、努力と忍耐《にんたい》とが必要だった。

当のアサシンさんは、手にしたボウルを、じーっと見つめている。見ていないときに限ってその中身は減ってゆく。

「やーい。やーい。ダメ暗殺者ー。まんまと罠《わな》にはまってやんのー。とらまえられてやんのー」

手にした骨を振って、リーダーがはやしたてる。

「べつに罠にかけたつもりはないですし。とらまえたつもりもないですし」

次の一本をリーダーのために用意しながら、カインは言った。

あっ――と思って、アサシンさんのほうを見る。案《あん》の定《じょう》。目を離した一瞬に、ボウルの中身はごそっと減ってしまっていた。また食べるところを目撃できなかった……。残念っ。

――と。

カインはふと、アサシンさんがじっとこちらを見つめてきていることに気がついた。

目線が重《かさ》なると、彼女は――。

「〇〇七三《ゼロゼロナナサン》は……、とらまってしまった」

彼女の顔に浮かんだ微笑《びしょう》が、とてもまぶしかった。

〇〇七三は
とらまってしまった

とらまってしまったの
僕なんですけど…

ミニ知識

暗殺者

暗殺を生業《なりわい》とする職業。暗殺に特化《とっか》した戦闘技術を持っているほか、潜入《せんにゅう》、工作、罠《わな》の設置や解除《かいじょ》、毒の取り扱い、人心掌握《じんしんしょうあく》、変装、などなど、そのスキルは多岐《たき》にわたる。ダンジョンの中では戦士なみに戦えるシーフとして活躍することができる。

ミノタウロス

「これは難問《なんもん》だ……」

いつものダンジョン最下層《さいかそう》。

足下《あしもと》に倒れ伏《ふ》したモンスターを見ながら、リーダーがつぶやく。

「むむ……、これは……、困ったね」

やはり立ち尽くしたまま、魔王さまもそう答える。

「……たべる？」

アサシンさんはモンスターの近くにしゃがみこんで、つんつん——と、手にした短剣《ダガー》の先《せん》端《たん》でその背中をつっついている。

「いや。そこはマズイだろ……」

リーダーが呻《うめ》く。

アサシンさんの短剣《ダガー》の先が、つーっと下がっていった。獣《けもの》の毛に覆《おお》われた足を、つんつんとやる。

「ま、まあ……。そこだったら……」

苦しげに呻きながらも、リーダーはかろうじて、首を縦《たて》に振った。

悩《なや》む皆をよそに、カインはいつもの手順で調理の準備に入っていた。

まずは火熾《ひおこ》し。苦労して熾した火種《ひだね》に小枝を突っこみ、火をどんどん大きくしてゆきながら、背嚢《バックパック》を紐解《ひもと》いて、調味料やら包丁《ほうちょう》やらフライパンやらを取り出してゆく。

周囲には魔物の気配《けはい》がまだちょっと残ってはいたが……。それは、人類最強の元勇者様やら、魔界最強の元魔王さまやら、その勇者と魔王を暗殺すべく生み出された最強暗殺者やら、そのへんの方々にすっかり任せきりだ。

どうせ襲《おそ》ってきたら、カインなんて一秒も持たずにあの世行き。

そうなったときのことは、すっかりすっぱり諦《あきら》めて、カインは自分にできることをやっていた。

すなわち――料理の準備だ。

フライパンを火であぶると、油が焼けて、薄《うす》い煙《けむり》があがる。それだけでも食欲をそそるいい香りだ。

「決まりました？」

肉を焼く準備が整ったところで、カインは皆に向けてそう訊《き》いた。

「いやマテ。すこしマテ。だからマテ」

長いポニテの先を真《ま》っ直《す》ぐに垂らして、リーダーは腕組みをして考えこんでいる。その隣《となり》では魔王さまが片方の肘《ひじ》を直角に曲げて、そのふくよかな頰《ほお》に片手を当てて考えこんでいる。足《あし》下《もと》ではしゃがみこんだアサシンさんが、かふ、と大きくあくびをした。

彼女はあまり悩《なや》んでいないようである。

ちなみに、いまなにが問題となっているのかというと……。

飛び出してきたモンスターを、うっかり交通事故的に倒してしまったわけであるが、それ自体は、わりとよく起きることである。街で馬車同士が出会い頭《がしら》にぶつかるようなものだ。

問題はそのモンスターが、なにか、ということにあった。

その名を——ミノタウロスという。

半人半獣《はんじんはんじゅう》のモンスターで、牛の頭に立派な角《つの》、牛の下半身と牛の尻尾《しっぽ》を持つモンスターだ。頭と足は「牛」であるが、胴体《どうたい》は「人間」というモンスターである。

カインも知っているくらいだから、かなり有名で、かなり強いモンスター……のはずだ。

カインにとってダンジョン最下層《さいかそう》近辺のモンスターというのは、どれも一秒以内に即死級《そくしきゅう》なので、強い、弱い、というのはよくわからないのだけど……。

「タンはオーケーだよな、これって」

「ネックも大丈夫《だいじょうぶ》なのではあるまいか」

「おう！　もちろんセーフだろうとも！　おおう！」

ミノタウロスを前にして、リーダーと魔王さまが、なにやら相談をやっている。

「……タン？　……ネック？」

膝《ひざ》を抱《かか》えたアサシンさんが、見上げる目線で小首《こくび》を傾《かし》げる。

「ああ。〝タン〟ってのは舌《した》のことです。シチューにすると美味《おい》しいですね。薄切《うすぎ》りにすれば焼き肉でもいけます。〝ネック〟は首から肩の付け根辺りまでのところです。味が濃《こ》くて美味しいですけど、すこし硬《かた》いですから、やっぱりシチューか、さもなければ挽肉《ひきにく》にしてハンバーグとかですね」

「はんばーぎゅ」

舌足らずな声でそう言ったのは、これはアサシンさんでなくて、魔王さま。そろそろヤバい。

「ここ……、おいしそう」

アサシンさんが短剣《ダガー》の先端《せんたん》でつんつんとやっているのは、脇腹《わきばら》のあたり……。頭とか足とかと違って、毛が生《は》えていなくて、肌色《はだいろ》の皮膚《ひふ》のあるあたり……。

「そこは……、部位でいったら〝カルビ〟って場所になりますけど……」

ちらり、と、リーダーを見る。

リーダーはわなわなと震《ふる》えていた。息を大きく吸いこんで――。

「アウトぉおおおおお――！」

大きな声で叫《さけ》んだ。

本日のメニューは、『ミノタウロスの焼き肉』――ただし、タンとネックとモモ肉限定。焼き肉で一番おいしい『カルビ』は禁止部位となった。

ここがカルビになります
ミノタウロスの部位
タン
ネック
肩ロース
バラ
カルビ
リブロース
ヒレ
サーロイン
ランプ
内モモ
スネ
外モモ
テール
ほほう
勉強になるね
おいしいっ?

エルマリアー！
カルビのところ！
十人前追加でーっ！
こちらはロースの
ところを五人前で
はーい。まいどでーす。
みんなそんなに
食べたかったんですね

伝説のキャベツを求めて

いつものダンジョン最下層《さいかそう》。

「伝説のキャベツというものがな。あるわけだ。その名をエンペラー・キャベツという」

皆の先頭を歩きつつ、リーダーがそう言う。

「いや。ですけど。僕。信じられないんですけど」

「なにがだ？　キャベツの存在か？　あるといったらあるのだ。情報は確かなはずなのだ」

「いえ。そっちじゃなくて。リーダーの勇者時代の情報屋さんが言うなら確かなんでしょう」

「情報屋じゃなくて占《うらな》い師《し》だがな。……じゃあなにが不満なんだよ？　おまえなにさっきからグズっているわけ？」

「え？　そう見えます？　べつにそんなことないですよ？」

「君の足取りは、いつもより重たいような気はするね」

魔王さまにもそう言われる。

彼女に言われれば、そうなのかなぁ、と、素直《すなお》にそう思う。大きな荷物を担《かつ》ぎ直すと、カインはすこし足を速めて歩くようにした。

いつもいつも「〇〇が食べたい！」と言い出して、皆をダンジョンの最下層にひっぱってゆくのが、リーダーの仕事のようなものである。ちなみに「〇〇」のところには「ドラゴン・ステーキ」とか、「ガルーダの唐揚《からあ》げ」とか、「クトゥルフの刺身《さしみ》」とかが入る。

だけど今回の「伝説のキャベツ」だけは、ちょっと……。

「おま。キャベツ食いたくねーの？　ただのキャベツじゃないんだぞ。伝説のキャベツなんだぞ？　ドラゴンよりも強いキャベツだぞ？　ぜってー、うめーに、決まってるじゃん！」

「いや、味じゃなくて……」

足取りが重くなっているのが、こんどは、自分でもわかった。

「すっごいぞ！　つっえーんだぞっ！　カッケーんだぞっ！　――そのパンチ力は、だ。ドラゴンの攻撃力を一とした場合、およそ、二・五ほどもあるとゆー」

「やっぱりやめときましょうよ～。ドラゴンより強いキャベツなんて……。戦闘力二・五ドラゴンって、なんなんですか～。あぶないですよ～。死んじゃいますよ～」

以前、ステーキを食べるために、火山の中腹《ちゅうふく》にあるレッド・ドラゴンの巣穴《すあな》を襲撃《しゅうげき》した。そのときのことをカインは思い出していた。

ドラゴンはえらい強かった。勇者と魔王クラスの戦闘というものを、そのときはじめて見た。

「あれの何倍も強いんでしょう？　やめましょうよ～。死んじゃいますよ～」

「あれってなんだ？　意味不明なやつめ。ちなみに何倍じゃなくて、たかだか二・五倍だぞ」

「死んじゃったら、食べられちゃうの、こっちになっちゃいますよ～」

「オレらだって、食ってるんだから。負けたときには食われてやるのが掟《おきて》ってもんだろ?」

「そんな掟はいやですよ～」

「なにをいう。弱肉強食は、この世の掟だ。そして我々GE《われわれグッドイーター》の掟でもある」

と、そのとき――。アサシンさんが、皆の前に、すっと出て立ち止《ど》まった。

「気配《けはい》……。あるよ」

「噂《うわさ》をすればなんとやら、だね」

耳を澄《す》ましてみれば。――遠くから、なにかの鳴き声が聞こえてきた。


ダンジョンの奥地だったが、その場所は不思議な光で満ちていた。地上の昼間くらいの明るさがある。人が乗れるくらいの大きな葉が何枚も広がっている。

葉の中央には、形だけは見慣《みな》れた緑色の物体が……。

――キシャアアアアア!

「うわああ! 吠《ほ》えた! 吠えました! キシャアア! って! いまキシャアアって!?」

「ウロたえるな!」

腕組みをして仁王立《におうだ》ち。リーダーは一喝《いっかつ》した。

その目はまっすぐに前だけを見つめている。

「我々ならば……、食える! なぜなら! 我々はGEだからだ!」

リーダーは愛剣《あいけん》を抜刀《ばっとう》。魔王さまに向かって——。

「やるぞ‼　魔王‼」

「ああ。存分に」

「〇〇七三《ゼロゼロナナサン》も……がんばる」

地上最強トップ3と、ドラゴンの3倍弱は強いキャベツとの戦いが——開始された。


「うんめー！　これうんめー！　すんげうんめー！　まじやっべえ！　うんめー！」

もっしゃもっしゃと口いっぱいに頬張《ほおば》って、リーダーが雄叫《おたけ》びをあげている。

「そうですか。たくさん食べてくださいね。……いっぱいありますから」

カインはそう言った。ちらりとうしろを見ると、倒されて、とどめを刺されたキャベツは、動かなくなって、普通のキャベツとなっていた。ただし大きさは普通ではない。なにしろ直径何メートルもあったキャベツだ。量的には……何千人分はあるのだろうか？

味のほうは、本当に素晴《すば》らしかった！　皇帝《エンペラー》の名にふさわしい究極《きゅうきょく》のキャベツだった。

キャベツだけで、みんな、お皿を何枚も空《あ》けている。

「おかわり！」

リーダーの元気のよい声があがった。

本日のメニューは——『エンペラー・キャベツの千切《せんぎ》り』であった。

きしゃああ！
って叫けんでますよぉー！
いいから待ってろっての

ミニ知識

エンペラーキャベツ

種《しゅ》族《ぞく》：プラント系。
つよさ：２～３ドラゴン。
うまさ：１ドラゴン。
備考：直径《ちょっけい》３メートルもある巨大なキャベツ。ダンジョンの奥地に自生《じせい》する。ツル状の触手《しょくしゅ》で攻撃して獲物《えもの》を倒し、土に還《かえ》った死体から養分を吸収する。光合成《こうごうせい》も行《おこな》うが､光がなくとも育つことができる。

ダイヤ料理

「うっわー！　やっちまった！　やっちまった！　やっちまったよー！」

いつものダンジョン。いつもの最下層《さいかそう》。リーダーの後悔《こうかい》の声が響《ひび》き渡る。

モンスターとの出会い頭《がしら》に、剣を一閃《いっせん》。頭で判断するまえに、反射的に技を振るってしまうのが、元勇者という人間の業《わざ》である。――が。勇者業をやっていた毎日ではそれで良くても、ハント・アンド・イートの毎日のほうでは、たまに良くないことが起こってしまう。

「やっべえ……、やっべぇ……、超やっべぇ……」

リーダーが声を震《ふる》わせている。

カインは魔王さまの背中から、ひょいと顔を出して前方を見た。リーダーの倒してしまったモンスターの残骸《ざんがい》を目にして――。

「あー……。また物質系ですか」

これまでＧＥ《グッドイーター》が食べるのに困ったモンスターは二体あった。はじめはリビング・ストーンで、これは石なので食べられない系。つぎはミノタウロスで、これは肌色《はだいろ》のところは食べちゃイケナイ系。今回のケースは前者に近いようである。

倒れたモンスターの残骸は、地面のうえに人の形を作って積もっていて――。なにかキラキラ光っているように見える。

「えっと……。このモンスター。なんですか？　リビング・ストーンじゃないみたいですけど」

本職の冒険者ではないから、カインの知っているモンスターは、それほど多くはない。この手の知識は魔王さまが詳《くわ》しくて――。

「うん？　これは珍《めずら》しいね。カーボナイト・ゴーレムだよ。もとは魔法使いに作られた人造生命体だったが、魔力の高い地域では、鉱物《こうぶつ》を取り込んで自己増殖《じこぞうしょく》することがあり、野生化したものが、よくこうしてダンジョン深部《しんぶ》を徘徊《はいかい》して――」

「あれ？　ねえ――、これ？　この石。なんですか。この透明なの」

足下《あしもと》に転《ころ》がっていた握《にぎ》り拳《こぶし》サイズの透明な石を、カインは拾《ひろ》いあげた。ずしりと重さが手に伝わってくる。

「えっ？　これって……、もしかして――!?　宝石ですかっ!?　透明な宝石っていうと……、ダ、ダ、ダ、ダイヤっ!?　世の中で一番硬《かた》いっていう!?　あのダイヤっ!?」

「なにいってる。ほーせきっつーのは、赤いきれーな石ころのことをいうんだぞ」

腰に手をあてて、ふんぞりかえって、リーダーが言う。自信はたっぷりだが、言ってることは、ぜんぜん、間違っている。

「赤いのはそれルビーでしょう。宝石のなかでいちばん高いのは透明なやつですって」

「なんだそりゃ？　オレしらねーぞ？」

「市井《しせい》では鉱物《こうぶつ》の一種に通常以上の価値を求めているそうだけど。……これがそうなのかな」

ダイヤの一つを拾《ひろ》って、魔王さまが物珍《ものめずら》しげに眺《なが》めている。

「あの。魔王さまも……。ひょっとして……？　宝石……。知らなかったとか？」

「もってなんだ。もって――？　オレは知ってたぞ！　知ってたんだからなっ！」

「リーダー。ほら。ほらっ。もう二回もっ」

「う、う、う、うんっ……、わ、わ、わ……わたしっ！　えと？　なんだっけ？　オレいまなに言おうとしてたんだっけ？」

「ぜんぜんだめですね。もういっぺん言い直してください」

「私は知らなかったのではなく、魔族には石を重宝《ちょうほう》する慣習《かんしゅう》がないというだけであり――」

「アサシンさんは。知ってました？　宝石？」

落ちていたダイヤを一つ拾って手にしたアサシンさんが――きゅるんと、小首を傾《かし》げる。

ああ。はい。知らなかったんですね。わかります。

「これ食えるのかな？」

別のダイヤを手にしてリーダーは言う。これでもう三つ。拳《こぶし》サイズのダイヤがごろりと三つ。

「食べられるわけないじゃないですか。だから宝石ですってば」

リーダーは大きく口を開《あ》けると、がぶり――と。

噛《か》んだあああぁぁぁ!?　がっちーん――と、音がした――――ッ!?

「――痛《い》ったぁぁアアアァァァァ!?」

さすがのリーダーの歯も、最高硬度《こうど》の物質には敵《かな》わなかったようだ。

「だいじょうぶですか？　……歯？」

ほっぺたを押さえて、リーダーはしばらくうずくまっていた。やがてむくりと立ち上がる。

「……だめだな。このままでは食えん」

「あたりまえですよ」

「だーが！　しかし！　こういう場合の対処法を！　我々《われわれ》ＧＥ《グッドイーター》はすでに知っている！　物質系モンスターはッ！　まーったく怖くないッ！　ないったらないッ！　これはあれだな！　ナマじゃ食えん！　このまえのやりかたで〝石のスープ〟にするのだッ！　料理番ッ！」

「あー。はいはい。やっぱり食べるんですね」

石のスープというのは、以前、リビング・ストーンを倒してしまったときの、なんの変哲《へんてつ》もない〝石〟を使って作った鍋《なべ》のことである。

カインは荷物を下ろすと、いつものように手早く荷ほどきをした。調理器具と食材とを取り出した。いつものように火を熾《おこ》し、拾い集めてきたダイヤを、火のなかに、ぽいぽい、次々と投げ入れた。

「……あれ？」

充分に熱くなったはずの頃に、火箸《ひばし》でかき回してみたが……。あれ？　なんにも……ない？

あれ？
……ない

あの、ダイヤって、
ひょっとして……
燃《も》えます？

うん。よく燃えるね。

え？　えええええーっ……

不死身ステーキ

いつものダンジョン。いつもの最下層《さいかそう》。

「おーい。まだかー」

「まだですー。もうすこし待っていてくださーい」

料理を催促《さいそく》するリーダーの声に、カインはそう返事した。

今日の食材は、ちょっとばかり特殊だった。調理に気を遣《つか》うというか……、気が抜けない。

「あ。こらまて。逃げるな」

リーダーに返事をしていたあいだに、切り分けたステーキ肉が、もぞもぞと動いて、まな板の上から逃げだして行こうとしていた。捕まえて中央に戻す。

粗挽《あらび》きコショウを振って、塩を振って——。そしてフライパンを火にかける。フライパンをよく焼いて、薄《うす》く煙《けむり》が昇《のぼ》るくらいまで熱するのが、ステーキを上手《じょうず》に焼くコツだ。

「いやー。しかし。きょうはレアなもん狩《か》れたなー」

「リーダー。狩ったわけじゃないですから。逃げだしていっただけですから。シッポ残っていただけですから」

「うっせー。食えるんだから。どっちだっていいだろ。逃げ足はええんだよ。あんなん捕まえられっか」

勇者と魔王と凄腕《すごうで》暗殺者と、三人がかりで捕まえることができない生物って、ある意味、最強なのではないだろうか？

「まったく楽しみだね。私も食《しょく》するのは初めてなんだ。不死身《ふじみ》と名高《なだか》いイモータル・リザードのステーキか。いったいどんな味がするのだろう。うふふ。本当に楽しみだ。物の本によれば、たった一口で、一週間は何も食べずに済《す》むようになるそうだ」

「それ本当なんでしょうか？　そんな食べ物があったら、みんな、お腹がすかなくてよくなりますよね」

「滅多《めった》に捕まらないそうだよ。また不死身の生命力を持つが、繁殖力《はんしょくりょく》自体は低く、個体数もそれほど多くないという」

「なるほどー」

「ほら。また逃げてるぞ」

「うわっち！」

まな板の上に並べておいたステーキ肉が、またもや、集団逃走しようとしている。

切り分けて塩コショウもしたというのに、まだ生きているのだ！　このステーキ肉は！　なんたる生命力。ほうっておくと合体して復活するんじゃなかろうか。いや。する。きっとする。

よく焼いたフライパンの上に肉を並べる。

じゅーっ、と、音があがった。香《こう》ばしい匂《にお》いが立ちのぼる。肉に焼き色がついてゆく。

「あー。まだ動いてますよこれー」

焼き色がついても、まだ動く。

フライパンに、ぎゅーっと押さえつけて、じゅーじゅー焼いても、やっぱり動く。

焼けて白くなっても、焦《こ》げて茶色くなっても、まだ動く。

「あんまり焼くなよ。レアにしてくれ」

「ウエルダンくらいに焼かないとだめだと思いますよ。これ手強《てごわ》い……」

レアとかウエルダンとかいうのは、ステーキの焼き加減《かげん》のこと。血の滴《したた》るような半ナマがレアで、しっかり中まで火を通したものがウエルダン。普通に焼いて中がピンク色ぐらいなのがミディアムで、カイン的にはそれがいちばん中庸《ちゅうよう》で美味《おい》しいと思うのだが。

今回は〝とどめ〟を刺すために、あえてウエルダンで焼いた。

中までしっかりと火を通したステーキを、皿に並べて皆に出したわけだが——。

「おおう。まだ動いてるじゃん。すっげー！　すっげー！　カッケー！」

「まさに不死身《ふじみ》といえるね」

「これ。食べると。せいがつく?」

リーダーはフォークでぶっ刺して丸ごとかぶりついた。魔王さまはナイフを使って一口サイズに小さく切り分ける。アサシンさんの皿からは、いつのまにか肉片が減ってゆく。いつ食べているのやら。

「これ……。食べられますよね？　食べていいんですよね？」

フォークに刺した一切れを見つめつつ、カインは言った。

まだ動いている。フォークから逃げだそうとして動きつづけている。まさに不死身のステーキだ。

「おうともさ。——スタンド・アンド・ファイト、勝ったら食ってよし、だろ。わたしらが勝ったんだから、食っていいんだ」

「いえそういう意味ではなくて……」

覚悟《かくご》を決めて、ぱくりと食べた。じゅわ〜っと肉汁《にくじゅう》が口の中に広がった。なんともいえないウマさだった。

それはよかったのだが。咀嚼《そしゃく》して、飲みこんで——。喉《のど》を越え、胃袋に収まってからも、まだ、なにか動いているような……？

お腹を押さえて首をかしげていると、魔王さまが、くすっと笑ってきた。

「消化されきるまで、七日かかるそうだよ。それまで何も食べずに済むのだという」

「うわー……」

その話は真実だった。

それから七日間、ずっと満腹《まんぷく》が続いた。

ステーキにしてくれ！

満腹《まんぷく》です……。満腹です……。
1週間も経《た》つのに
まだ満腹です……

これは勝負なのだ。
やつの再生力が勝るか。
我々《われわれ》の消化力が勝るか。

向こうが勝ってしまうと
腹を食い破られてしまって
大変になるね。

GE最大最凶の危機

「うわああぁぁぁぁ――――っ！　こっちきた！　こっちきた！　あっちいけ！」

「うわ。うわっ。うわわっ。わた――私もッ、こういうのは苦手《にがて》でっ！」

「くろい。まるい。はやい。〇〇七三《ゼロゼロナナサン》……これ、キライ」

いつものダンジョン。いつもの最下層《さいかそう》――に向かう、その途中の階層《かいそう》。

遭遇《そうぐう》したモンスターに、皆は泣き叫《さけ》び、阿鼻叫喚《あびきょうかん》となっていた。

はじめて出会うモンスターだった。だが知識のないカインにも、そいつの正体はすぐにわかった。いわゆる昆虫《こんちゅう》系。台所だとか。食べ物のあるところに決まって出没《しゅつぼつ》するおなじみのアレ。黒くて――。素早《すばや》くて――。生命力があって――。しぶとくて、もう本当にしぶとくて、スリッパで叩《たた》いたくらいでは、なかなか死んでくれないアレ。

ただし大きさが違う。台所の隅《すみ》でよく見かけるアレは、どれだけ大きくたって四～五センチ。しかしダンジョンの奥底《おくそこ》で出くわしたコレは、ゆうに子犬ほどのサイズがある。しかも一匹だけでなく、何百匹という群《む》れで出現したのだ。

そんな数え切れない数で、わさわさと蠢《うごめ》いて――地面を真っ黒に塗《ぬ》り潰《つぶ》して、絨毯《じゅうたん》のように迫《せま》ってくる。

「ぎあああああぁぁぁぁぁぁぁぁ！」

リーダーも女の子だったか。絶叫《ぜっきょう》があがった。

「うわっ、うわわっ、あわあわあわわわわわっ！」

魔王さまもうろたえている。

「きらい！　きらい！　あっちいけ！」

アサシンさんが喚《わめ》きながら、短剣《ダガー》をむちゃくちゃに振り回す。

「ひいぃいいいぃいいいぃいいいぃいいいぃいいぃ～～!!」

皆で悲鳴《ひめい》をあげながら、走って逃げた。

「だれか誰かだれかっ!!　やっつけてくださいよっ!!　しんじゃいますってっ!!」

「だめだ!!」

「どうしてですか!!」

「あれだけは倒してはならんのだーっ!!」

リーダーは泣きながら叫んでいる。

こんなときにまで〝掟《おきて》〟は適用されるのか。倒したら、食べなくてはならないというのがＧ《グッド》Ｅ《イーター》の掟だ。以前、リビング・ストーンを倒してしまって、石を食べなくてはならなくなった。

このあいだなんかダイヤを食べ――たわけじゃなくて、燃料《ねんりょう》にしちゃって鍋《なべ》を作った。あんな大きなダイヤで、豪華《ごうか》なお屋敷《やしき》が何軒も買えちゃうような値段の宝石を燃やして作った鍋は、乾燥《かんそう》スライムと干《ほ》しキノコが具材の、質素《しっそ》な鍋《なべ》だった。世界一、無駄《むだ》に豪華《ごうか》な鍋だった。

それほどまでにＧ Ｅ《グッドイーター》の掟《おきて》は厳《きび》しいのだ。

倒すのは容易《ようい》なのだろうが、倒したら、食べなくてはならないのだ。――アレを。

「走れ走れー！　上の階に逃げれば――ッ!!　やつら、追ってこない――かもしれない!!」

リーダーのあとについて必死に走る。背負《せお》っている荷物が重たい。荷物の脇《わき》に吊り下げてあったフライパンやらカップやらが落っこちてゆくが、拾っている暇《ひま》はない。

巨大な背 嚢《バックパック》を背負ったままでも、長年鍛《きた》えた足腰のおかげで、ビリにはならずに済んでいる。

皆の最後尾《さいこうび》を走るのは――。

「あわっ！　あわわっ！　あわわわわ！　うわーっ！　うわあああぁぁっ！　待ってぇーっ！」

「魔王さま！　がんばって！　もっと早く走って！」

「だめなんだっ！　駄肉《だにく》！　――私の駄肉が重くてっ！」

「駄肉がんばれ駄肉ーっ!!」

「駄肉ゆーなーぁぁ――っ!!　リサ待ってぇぇーっ!!」

リーダーは二番手を駆《か》けている。ちなみに一番手を走っているのは、もちろんアサシンさん。

もうすぐ追いつかれてしまう。――その時。

「えっ!?　――魔王さまっ!?」

魔王さまが不意に足を止めた。

「ふっ……！　ふふふ。ふふふふふ。ふふふふふふふ……！」

不気味《ぶきみ》な笑い声を響《ひび》かせながら、魔王さまはくるりと振り向き、追いすがるアレに正対《せいたい》した。

「やべぇ！　あいつキレた！　アブないから！　早く逃げろッ!!　巻《ま》き添《ぞ》え食《く》らうぞ――っ!!」

「えええええ――っ!?」

リーダーの背中を追いかけて、カインは必死に走った。

「よかろう!!　この《金色の魔眼《こんじきのまがん》》に戦いを挑《いど》んだことを後悔《こうかい》させてやる!!」

右手と左手。それぞれの手の上に、巨大な火球《かきゅう》が現れる。その色は赤を超え、黄色を超え、白さえも超えて、ついには目に刺さるような青い輝《かがや》きを伴《ともな》った。

「くらうがいい!!　滅殺業火《メギド・フレイム》っ!!」

轟音《ごうおん》と爆発。衝撃《しょうげき》と爆風。

背中から吹き付けてきた砂塵《さじん》まみれの爆風に、カインたちは前のめりに倒された。

爆発の衝撃が収まってから、おそるおそる顔をあげると――。

あたりには、なんにもなかった。地面がごっそり抉《えぐ》られていた。

「くそう！　やつら逃げやがったぞ！　さすがは黒いアレだなッ！　なんという生命力だ！

ああ残念だ！　逃げられたのでは！　食うことはできないなーっ!!　なーっ!?」

リーダーの空々《そらぞら》しい棒読《ぼうよ》み口調《くちょう》に、皆は、こくこくと一心不乱《いっしんふらん》にうなずいた。

うん。うん。そういうことにしておこう……。うん。うん。うん。うん。うん。

もうやだー！
あのダンジョンもう
ぜったい行かなーい！
あそこ行こうって
言ったのリーダーじゃ
ないですかあぁ。
リサがっ。
リサがリサがっ。
うわあぁぁぁん！
くろい。まるい。こわい。

酒場の看板娘

「いらっしゃいませー」

いつものお昼どき。いつもの酒場。

いつもの元気な声がホール中に響《ひび》きわたる。よくくびれたウエストをぐいっと捻《ひね》って、店に入ってきたお客さんに声をかけているのは、この「腹ぺこ赤竜亭《せきりゅうてい》」の看板《かんばん》娘エルマリアである。

ミニスカートにエプロン姿の彼女は、右手と左手にそれぞれ一枚ずつのお盆《ぼん》を掲《かか》げ、その上に何人前もの料理を載せて、くるくるとせわしなく走り回る。

この店は夜は酒場をやっているが、昼は街の人々の胃袋《いぶくろ》を満たす食堂として営業している。ちなみに二階は宿屋《やどや》になっていて、リーダーと魔王さまはそこに部屋を取っていたりする。

「はーい！　おまたせしましたー！」

つむじ風のように彼女が通り過ぎてゆく。――と、テーブルの上に皿が一つ増えている。

「あれ？　――ねえ、これ頼んでないけどー？」

湯気《ゆげ》をあげる分厚《ぶあつ》いステーキを指さして、彼女に訊《き》いた。しかし彼女はもうホールの反対側。

「それ！　サービスでぇす！　――いっつもたくさん食べてくれますからー！」

答えてきたときには、彼女はまた違う場所に移動している。昼どきの店内はほとんど満席で、彼女は一秒たりとも同じ場所にいない。それほどに忙《いそが》しいわけだが、それでも彼女は両手をいっぱいにして、本当に楽しげに立ち働いている。

「いーじゃん。いーじゃん。うまそーじゃーん。もらっておけってー」

リーダーはさっそく捕食《ほしょく》のかまえ。ナイフとフォークでちゃきちゃきと音を鳴らしている。

「よく朝からそんなの入りますよねー」

旺盛《おうせい》な食欲を発揮《はっき》しているリーダーに、カインはぼんやりと視線を送った。

カインの前にあるのは、パンと目玉焼きとベーコンとサラダ。典型的な朝食のメニューだ。

魔王さまは朝は果物のジュースと決まっている。

昼飯時の忙しい店内を眺《なが》めながら、カインたちはそれぞれの朝食を採った。世間的には〝昼〟であるが、カインたちＧＥ《グッドイーター》的には、いまは〝朝〟なのだ。

ダンジョンの奥地で何日も過ごしていると、だんだんと時間がずれてくる。日が差さないので昼夜《ちゅうや》がわからない。自分たちが朝だと思う時間に起きて、夜だと思う時間に寝ていると、地上に戻ったときには、たいてい何時間かの〝ずれ〟が生じてしまう。博識《はくしき》な魔王さまによれば、それは生物の体内時計というものが二十五時間周期で動いているからだそうだ。

前回のダンジョン探索行《たんさくこう》は、全四日間の行程《こうてい》だった。つまりＧＥと世間様との時間は四時間ほどずれている。ＧＥ時間における朝の八時が、世間様ではぴったり十二時になるわけだ。

「はい。モーニング・コーヒー、どうぞー」

目の前にカップが置かれる。なみなみと注《そそ》がれた黒い液体が香《こう》ばしい香りをあげていた。

「あれ？　えっ？」

見れば、彼女の――エルマリアの笑顔がそこにあった。

「あ……、ありがと」

カインは顔を赤くさせると、そうお礼を言った。彼女はカインと年も近くて、雰囲気《ふんいき》もごく普通の街娘《まちむすめ》という感じで、ここ最近、知りあった女性と女の子の中で、いちばん身近な感じがするのだ。リーダーや魔王さまは、元々の立場を知っているし……。アサシンさんは年は近いと思うんだけど、境遇《きょうぐう》とかは、まったく違っていそうだし……。

「だけど。ここ。この黒いお茶とか。やってたんだね」

めずらしい飲み物だから、まさか、こんな店で出てくるとは思わなかった。ちょっと苦いので、牛乳で半分に割らないと飲めないのだけど。カインはミルクポットに手を伸ばした。

「はい。まおーさまに教《おそ》わりましてー。コーヒー。メニューに出しましたー。大人気でぇす」

「へー、そうなんだ――って！　ええっ!?」

カインはずびっと魔王さまに顔を向けた。

(ちょ――!?　魔王だってこと！　言っちゃったんですかっ!?)

「うん？　なにかまずかったかな？」

魔王さまはフードをすこし開くと、角《つの》と頭を傾《かし》げてみせた。

地上を歩くときには、彼女はフードを目深《まぶか》にかぶって角を隠《かく》している。もっとも人間の街といえども、魔族の人がまったくいないわけでもないから、そんなに目立つわけでもないのだが。

「だいじょーぶだって。あだ名とか、そんなんだと思われてるよ。だいたい、こんなところを本物の魔王や勇者が歩いてるわけねーじゃん」

　リーダーがざっくりと片付ける。まあたしかにその通りで……。たとえばリーダーがどれだけ強いところを見せたとしても、「おまえ勇者だろ」なんて疑《うたが》ってくる人は一人もいない。

　昼の忙《いそが》しさも一段落《いちだんらく》して、店内には空席が目立つようになっていた。エルマリアが仕事の合間にカインたちのテーブルに寄ってゆく時間も増えてくる。

「カインさんカインさん。ダンジョンと美味《おい》しいもののお話！　またしてくださいよぅ」

「え……。あ……。う、うん……」

　ずずいと近づかれると……。彼女の意外に大きな胸が、目の前に迫《せま》りくる。

　つい意識してしまって、カインはそこから顔をそむけた。

　店内の反対側で、エルちゃんお勘定《かんじょう》、と、お客さんの声があがる。

「あっ！　――はぁい」

　助かった、と――。そう思ったのも束《つか》の間《ま》のこと。彼女がくるりんと回った拍子《ひょうし》に、スカートが広がって、その奥までが、はっきりと――。

　つい見てしまった自分が情けなくって、カインはうつむいて過ごした。

〜酒場の看板娘〜

ミニ知識

腹ぺこ赤竜亭《せきりゅうてい》

街のみんなの憩《いこ》いの場。昼は食堂＆カフェ。夜は酒場となる。定食メニューは良心価格。マスターは若い頃冒険者だったらしい。腹ぺこのレッド・ドラゴンと遭遇《そうぐう》して、なんとか逃げ延《の》びて、そのことがきっかけとなって冒険者を引退して、この店を開いたという。それが店の名前の由来《ゆらい》。

懺悔

「はぁ……」

教会の前でカインはうろうろしていた。入り口を行き過ぎてはまた戻り、ただ通りがかった風《ふう》を装《よそお》っては、いや！　それではいけない！　とばかりに、断固《だんこ》として引き返し、でもまた、やっぱり通りがかったというポーズで行き過ぎようとしてみて——と、いかにも挙動不審《きょどうふしん》な往復を繰り返していた。

そうやって数回、入り口の前を往復してから——。

えい、とばかりに、カインはようやく教会に飛びこんでいった。

教会の中はひんやりとして、静かだった。

礼拝堂《れいはいどう》には長椅子《ながいす》がたくさん並んでいた。日曜になればミサが行《おこな》われて、人でいっぱいになるけど、それ以外の日の夕方は、居眠《いねむ》りしているおじいさんと、涼《すず》しい場所を探《さが》す野良猫《のらねこ》ぐらいしかいない。

世界にはいろんな神様がいるけど、光の神様であり、造物主《ぞうぶつしゅ》でもあるセイルーンを信仰《しんこう》する光の教会が、もっともポピュラーだった。ここもそう。

カイン自身はあまり信仰は持っていなかった。日曜のミサにも出たことがない。しかし今日は特別に用事があって……。それはつまり……。

あった。

目当ての場所は、教会の奥のほうで見つかった。

木で作られた小さなボックスだ。人が一人、入って座れるだけの大きさしかない。子供の頃に何度か入ったことがあって知っているのだが。あの部屋の中には窓があって、向こう側に座る神父《しんぷ》様もしくはシスターと話ができるようになっている。

懺悔《ざんげ》室という。罪《つみ》を告白して、すっきり――じゃなくて、悔《く》い改《あらた》めるための場所だった。

神父様もしくはシスターは、秘密は守ってくれる。どんな罪を告白しても怒ったりしない。ただ〝許《ゆる》して〟くれるのだ。居眠りしているおじいちゃんのヒゲに火を着けちゃったのはすいません僕なんです、とか、告白したって、許してもらえた。

昼間、よからぬことを考えてしまった。エルマリアに対して「女の子」を感じてしまい――。

そのことを懺悔しなくてはならない。神父様にすべてを告白して、すっきり――じゃなくて、罪を悔い改めなければ！

「あの～。すいません……」

懺悔室に入って椅子に座り、カインは話しかけた。

格子《こうし》の向こうに人の気配《けはい》がある。きちんと見れば、格子越しにその顔を見ることもできただろうが――。カインは前を見ることができず、顔をうつむかせたままだった。

「はい。なんでしょう?」

返ってきた声は、若い女のひとの声だった。

ちがった! 神父《しんぷ》様じゃなかった! シスターだった! すごい困る!

――とはいえ。いまから逃げ出すわけにもいかない。

「お悩《なや》みのことは、なんですかー? なんでも聞きますよー。どうか話してください」

躊躇《ちゅうちょ》はあったが、優《やさ》しげなシスターの声にうながされて、カインは意を決した。

「は、はぁ……、ええと……、あのですね。いつもの店で、いつものように、ですね、皆と一緒にごはんを食べていたときのことなんですけど」

「はい。いつもおいしそうに食べてらっしゃいますよねー。……それで?」

「えっと……、そこのウエイトレスの……、エルマリアって女の子なんですけど」

「はい。エルマリアさんですね。わかります、わかりますー、よーくしってますー」

「その。なんていいますか……。胸がすごくおっきくて……。それからあの、ミニスカートとか、ウエストがきゅってなってるエプロンとか、白い脚《あし》とか……。僕、あの……。それでつまりその……。気になって……、つい、見ちゃったり」

「はい。どこをですかー?」

「む、胸……」

「はい。そこだけですかー?」

「い、いえその……、あとですね、そのつまり、スカートの中の……、あれが……、ひらりってなったときに。いえ決して見るつもりじゃなかったんです！　でも見えちゃったんです！」

「あれれ？　見えちゃってました？」

「ええ。はい。見えちゃいまして……」

懺悔《ざんげ》を続けながらも、カインは、なにか違和感《いわかん》を感じていた。シスター。聞き役になってくれるのはいいんだけど。なんだか受け答えがいちいち変だ。あとなにか声に聞き覚《おぼ》えが……？

「仕方《しかた》ないんです！　だって仕方ないじゃないですか！　ミニスカートなんですから！」

「ええ。はい。仕方ないですよねー。ミニスカートなんですものねー。でも男のひとって、そういうところ見るものなんですねー。ひらひらしていて可愛《かわい》いと思いますけど、ミニスカートはー。でもスカートは見ないで、中、だったんですねー。なるほどー。なるほどー」

「あのう……。僕。やっぱりだめでしょうか。許《ゆる》されないでしょうか？」

シスターにも見放されてしまうのではないかと、カインは恐《おそ》れた。

「いいえ。だいじょうぶですよー。神はお許しになられます。それから——私も、」

「も……？」

カインはゆっくりと顔をあげた。格子《こうし》の向こうに見える顔は、よく知っている顔だった。声に聞き覚えがあるのも当然だった。

彼女は……！　シスターは——なんと！　エルマリアだった！

神はお許しになられますー
私も。

ミニ知識

教会

この世界における「神」とは、光の絶対神《しん》のことを指す。どこの街にもある教会は、だいたい光の神を信奉《しんぼう》している。マイナーであるが女神《めがみ》を信奉する宗派《しゅうは》もある。神父《しんぷ》様やシスターは、街の教会に常駐《じょうちゅう》して、伝道《でんどう》と布教《ふきょう》に努め、礼拝《れいはい》や祭典《さいてん》なども司《つかさど》る。生まれた赤子《あかご》に祝福《しゅくふく》を与え、結婚式の誓約《せいやく》を行《おこな》い、そして人が死んで肉体が土に還《かえ》るときには送りの儀式《ぎしき》を執《と》り行う。

エルマリアの正体

「エルマリアさんはッ——なんとッ！　あそこの教会のッ、シスターだったんですよッ！」

翌日のお昼どき。

いつもの「腹ぺこ赤竜亭《せきりゅうてい》」のいつものテーブルで、カインは声を大にして、前日の大発見を皆に力説《りきせつ》していた。

「なんだいきなり。暑苦しい。おま。そーゆーキャラだったっけ？」

「いや。キャラとかじゃなくて、ですね。そんなのどうでもいいですから！　僕の話を聞いてくださいって、リーダー！」

「おまえこそオレの話を聞けっての」

「そこ。オレ……じゃないですよね？」

カインはじいっとリーダーを見つめた。彼女が〝オレ〟と言ったときに指摘するのはカインの役目だ。こういうときにでもそれは適用《てきよう》される。

「わ、わ、わたしっ——これでいいんだろッ！」

言い直したリーダーは、いつものように照れた顔になっている。最近はちょっと、この顔を見たいがために自分は指摘しているのかも？　——と思わなくもない。

「だから。おまえってさ。そーゆーキャラだったっけ？　語尾《ごび》に〝！〟つけてみたり。〝ッ〟つけてみたり。——ったく。熱血クンかよ？」

「リーダーだって、いま〝！〟と〝ッ〟——つけていたじゃないですか」

「ないねー！　ぜってーないねーッ！　いつ言ったよ！　何時何分何秒に言ったよ！」

「ねえ聞いてくださいよ、魔王さま」

「おま！　スルーかっ！　わたしはスルーかっ！」

リーダーには取りあわず、カインは魔王さまに言った。

「うん？　シスターがどうしたのかな？」

魔王さまは困ったように笑っている。あっ。そうか。光の教義《きようぎ》によると、魔族は滅《ほろ》ぼさなくてはならない存在であって——。

そのとき、店内を駆《か》け回るエルマリアさんが、片手をひらひらと振ってきたので、カインも手をひらひらと振って返した。

「ほほう。私さえもスルーとはね……。いやはや」

「あ。すいません」

なにか気分を害してしまったらしい魔王さまに、カインは謝《あやま》った。でも魔王さまは形のよい唇《くちびる》を尖《とが》らせて、ぷいっと横を向いたまま。

「アサシンは聞いている。カインは。話す」

「ああ。はい。——ですから言っているように。エルマリアさんは、ななな、なんと！　シスターだったんですよ！」

「そう。えるまりあは、しすたー……。ななな、なんと」

さして感慨《かんがい》もなさそうなつぶやきが、アサシンさんの口から洩《も》れる。だめだった。いつも無表情のひとに驚いてもらうのは、だいぶ不可能っぽかった。

「みんなもうちょっと驚いてくださいよー……」

せっかく大ニュースを持ってきたのに、誰も驚いてくれない。カインはがっくりとうなだれて、椅子《いす》に腰《こし》を下ろした。

「だから無理だって。——だってオレら、知ってたし」

「えっ？」

「すまなかったね。彼女がシスターであることは、じつは知っていたんだ。日曜に礼拝《ミサ》に出ていれば、彼女の顔を見ることになるわけだし。むしろ君がこれまで知らずにいたことが、我々《われわれ》にとっては驚きでね」

「あっ。えっと。その僕は……、サボりぎみでしたので……。てゆうか！　ミサ出ていいんですか!?　魔王さまはっ!?」

「うん？　興味《きょうみ》があったのでちょっと覗《のぞ》いてみたんだ。宗教活動というものは、魔界にはないものだからね。——べつに断《ことわ》られはしなかったけど？」

「いやでも……」

カインは混乱した。だって……、ねえ？

暗闇《くらやみ》に生きる魔族は討伐《とうばつ》しなければならない、というのが、光の教会の教義《きょうぎ》なわけで――。

「いいんじゃね？　シスターがいいって言ったんだ。シスターっつーのは、この場合、エルマリアなわけだけどサ」

この小さな街には教会は一つしかなく、神父《しんぷ》様がいると思っていたが、いたのはシスターだけであり――つまり、シスターが教会における最高権限《けんげん》を持っていることになるのだけど。

「はーい。ロールキャベツ・ランチ、おまたせでーす！」

その教会最高権限の持ち主は、フロアを駆《か》け回っている。ミニスカートをひらひらと懺悔《ざんげ》が必要なくらいにはためかせて、ロールキャベツ・ランチを運んでいる。

「ふふふっ。カインさん。皆さんを驚かせるのに失敗しちゃったんですねー。残念でしたねー」

カインたちのテーブルをかすめ過ぎるときに、エルマリアはそう囁《ささや》いてきた。

「あとで私が手伝ってあげますからー！　すこし待っててくださいねー！」

ウィンクをひとつ。ミニスカートをひるがえして、彼女は元気に駆けてゆく。

なにを手伝ってくれるというのだろう？

そんなことを思いながらも、カインはうつむいて床《ゆか》を見ていた。また見えちゃった。そしてまた見ちゃった。あとでまた懺悔にいかなくちゃ。

BEFORE → AFTER

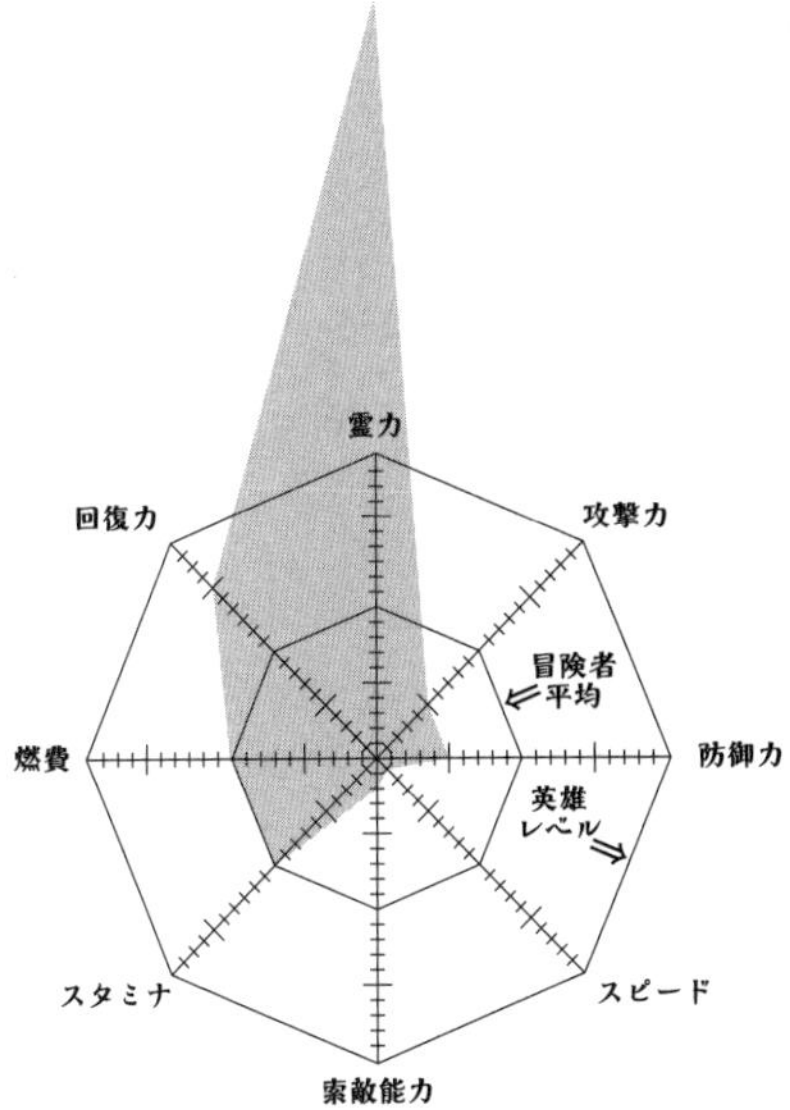

CHARACTER
PROFILE

キャラクター・プロフィール

【エルマリア】

単なる酒場の看板《かんばん》娘……と思いきや、なんと、教会のシスターという別の顔を持っていた！　年齢《ねんれい》はカインと同じくらいだが、教会を任《まか》されるほどの実力者。人のお世話が大好き。かわいい服も大好き。いつもポジティブ思考で、あらゆる物事が美談《びだん》に見える「天使アイ」を装備《そうび》している。

駄女神さま

「はい。はいはい。はーい。なんでも聞いちゃってくださーい！」

まっすぐ挙《あ》げた手をぱたぱたと振って、エルマリアが言う。

昼食時が終わり、店の忙《いそが》しさも一段落《いちだんらく》していた。彼女はカインたちのテーブルにやってきて、椅子《いす》の一つにちょこんと腰《こし》掛けている。さっき驚かすのを手伝ってくれるとか言っていたけど、なぜか彼女に対する質問タイムになっている。たしかに訊《き》きたいことは山ほどあったが——。

「なぜシスターが酒場でアルバイトしてるんでしょうか？」

軽く手を挙げて、まず、カインがそう訊いた。

「えへへ。教会。オンボロでして。お布施《ふせ》だけだと足《た》りなくってぇ」

ぺろりと舌《した》を出して、彼女はそう言った。

ああ。なるほど。街の家々から寄付《きふ》を募《つの》る教会もあるけど、この街の教会はそうしていないから、貧乏《びんぼう》——もとい、清貧《せいひん》に甘んじているのだろう。

「あとここのお店ッ！　制服ッ、すっごく可愛《かわい》いんですよーッ!!」

突如《とつじょ》、立ち上がって、くわっと拳《こぶし》を握《にぎ》りしめて力説《りきせつ》する。

ああ。はい。わかります。すっごくわかります。てゆうか。そっちでしたね。本当の理由。

「店長！　懺悔《ざんげ》してください！」

カインは厨房《ちゅうぼう》から顔だけを出してこちらを見ていた熊《くま》のような店長を——ずびし、と指差して糾弾《きゅうだん》した。店の制服を決めた大罪人《だいざいにん》だ。

「あとほかに質問はないですかー？　もっと大事なこと、訊かなくていいんですかー？」

エルマリアの言葉に、リーダーが、もそもそと手を挙げる。

「なに食うと、そんな、おーきくなるん？」

「ええ？　なにがですかー？」

エルマリアはきょとんと首を傾《かし》げた。

「私からも、一つ、よいだろうか。先ほどカインに言われたのだが。魔族がミサに出てもよいものなのかな？　滅《ほろ》ぼさねばならない敵なのだろう？」

「だいじょーぶです。神様は、そんなこと言ってませんから！」

えっへんと、彼女は大きく胸を張った。リーダーが憧《あこが》れの視線を向けるその大きな胸が、ぷるんと揺《ゆ》れる。

「ふふふ……。それじゃあ、私のぉー！　とっときの秘密を、ばらしちゃいますよー？　さあ皆さん？　驚く準備はいいですかー？」

はあ……。これから驚かしますよ、と、そう言われて、驚く人なんて、いるのだろーか？

とりあえずカインは椅子に座り直した。エルマリアに体の正面を向けて、その言葉を待つ。

「私ぃ。駄女神《だめがみ》なんですよー」

「は？」

思わず聞き返した。

「あっ。これは駄目な女神って意味でぇ」

「ああ。なるほど。〝だめがみ〟っていうから、なんだと思いましたけど。つまり〝女神〟のことですね」

カインは納得《なっとく》してうなずいた。ほら。やっぱり。べつに驚くようなことでもなかった。

「あれっ？　驚きません？　――驚いていません？　あっ。わかった。信じてくれていませんね？　ひどいですカインさんもですか？　この話をすると、みんな、信じてくれないんですよ」

「いえ信じてますよ」

「私。神様に怒られちゃいましてぇー。神様ひどいんですよ？　〝お前は人間に肩入れしすぎだ！〟――って。それで罰《ばつ》を受けちゃいましてー。輪《わ》っかも羽も取り上げられて、この世界に落とされちゃいましたー。あと八十年くらい人間やってないと、天界《てんかい》に戻れないんですよー。〝そんなに人間が好きならば人間になるがよい〟――って。ほんと。神様ひどいです。何様です。ええはい。神様ですよねー。なんちゃってー」

にこにこと笑っているエルマリアの肩越しに、カインはカップを掲《かか》げて――。

「マスター。コーヒーのおかわりくださーい！　あ。牛乳で半分に割って――」

「もうっ。ちゃんと聞いてくださいよぅ」

「聞いてますよ」

「お願いですから、信じてくださいよぅ」

「信じてますって」

カインは言った。信じているということを、どう言えば――信じてもらえるのだろう？

リーダーに顔を向ける。それから魔王さまに顔を向ける。あとアサシンさんにも……。

まかせろ、とばかりに三人のうなずきが返ってくる。

「オレ。元勇者なっ」

「私は元魔王なんだけど……」

「元……、対勇者対魔王、最終人型決戦兵器……〇〇七三《ゼロゼロナナサン》」

皆のあとを引き継《つ》いで、カインはエルマリアに微笑《ほほえ》みかけた。

「ですから。この場にもう一人くらい、たとえば、そう〝元女神〟の人がいたとしたって、べつに不自然でもなんでもないっていうか、むしろ、あるある――ていう感じでして。むしろ僕的には、シスターが酒場の看板《かんばん》娘をやっていたことのほうが、はるかに驚くべきことでして」

「ええーっ……。驚いてくれないんですかー？　残念ですー……」

彼女は唇《くちびる》をとがらせてそう言った。

あ。可愛《かわい》い。元女神様に対してそんなこと思うのはどうかと思ったが、カインはそう思った。

ひどいんですよ神様。私が
止めないと、すぐ人間を
滅《ほろ》ぼそうとしちゃうんです。

ほほう。いかんな。
斬ってやろうか。

この魔王をさしおいて
世界を滅ぼそうとは
何様のつもりかな。

リーダーもー、魔王さま
もー、勇者と魔王は
休業中でしょー。

皆の食べかた

いつものダンジョン。いつもの最下層《さいかそう》。

「いっただっき、ま〜っす！」

いつも元気なリーダーの号令とともに、食事がはじまる。

本日のメニューは、シンプルに——肉。火蜥蜴《サラマンダー》というモンスターは、とどめを刺したあと、活《い》け締《じ》めをしないでそのまま放置しておくと、みずから発する熱で発火してしまう。そのサラマンダーの肉を携帯用ダッチオーブンの中に閉《と》じ込めて、自己発火の火だけでうまくローストするという、これはそういう料理であった。

名付けて——「火蜥蜴の自分焼き」。

「これも——もぐもぐっ、あれだな——はむはむっ、ドラゴン・ステーキにゃ——ごっくんっ、敵《かな》わないが——はむっ、なかなか——もぐっ、うまいなっ！」

「食べるかしゃべるか、どちらかにしてくださいよ。リーダー」

リーダーの食べかたは豪快《ごうかい》だ。丸いお肉の左右に突きでた骨のところを手に持って、口を大きく開き、真ん中のところにかぶりつき、むぎゅー、ぷっちん、もぐもぐ、ごっくん、とやる。

「私もそこの部位にすればよかったかな」

魔王さまが言う。彼女の食べているのは、いわゆる「リブ・ロース」と言われる部位。首と背中の間ぐらいにあるところで、人体でいえば広背筋《こうはいきん》がまっすぐ通っているところ。その部位がいちばんおいしいとカインは思っている。

それを彼女はナイフとフォークを上品に使って、きれいに切り分けて食べている。カインは魔王さまのために、銀製《ぎんせい》のお皿を一枚、常《つね》に持ち運ぶようにしている。

そして三人目――。アサシンさんの食べかたは、これがまた独特《どくとく》だ。

彼女が手にしているお皿の上には、一口サイズに切ったお肉がいくつも載っている。

それを彼女は、じーっと見つめている。

彼女がいつ食べるのか――。カインも彼女のことを、じーっと見ていた。

「おい。おかわりくれよー」

「あっ。はい」

リーダーに言われて、カインは肉を手渡した。

食べ終わった骨をぽいっと投げて、リーダーは次のお肉にかぶりつく。あぐっ、と噛《か》みつき、むちーっとひっぱって、ぷっちんと千切《ちぎ》れたら、もぐもぐとよく噛んで、ごっくんと飲みこむ。

サラマンダーの足は六本ある。だからリーダーの大好物の「骨付き肉」は、まだ四本ある。

カインはリーダーからアサシンさんに目を戻した。そして――。

「ああっ」

思わず声を上げてしまった。目を離していた隙《すき》に、アサシンさんのお皿のお肉が、一つ二つ減っていた。

彼女はいつもそうなのだ。いつのまにか皿の上の料理が減ってゆくのだ。

はじめ彼女はずいぶん遠くで食べていた。たき火の近くにやってきて、一緒に食べてくれるようになるまで、だいぶ時間が必要だった。だから彼女の妙《みよう》な食べかたを知ったのは、つい最近のことだ。

最初のうちは、小食なのかなー、食欲がないのかなー、それともまだ警戒《けいかい》しているのかなー、と、そんなふうに思っていた。

しかし違った。じつは彼女はかなりの健啖家《けんたんか》だった。その小さめの体で、どれだけエネルギーを使っているのか。リーダーとどちらがたくさん食べるだろう、というほど。

ただし――。見ていない場合に限る。

見ているときには、彼女はまったく食べないのだ。

じーっ……。

カインはアサシンさんのことを、じーっと見つめた。

彼女が食事をする場面を、今日こそ見逃《みのが》すまいと、目に力を込めた。まばたきの一つもしないという気迫《きはく》で……。

「おーい。おかわりー。三本目くれー」

「いまちょっと忙《いそが》しいのであとにしてもらえますか。もしくは自分でもってってってください」

さっきはリーダーのせいで見逃してしまった。こんどは絶対に見逃さない。

「おま？　なにしてんの？　なにアサシンのこと、ガン見してんの？　しちゃってんの？」

「いえなんでもないです」

カインはそう答えた。視線は外《はず》さない。ちょっとでもよそ見をしたら、また失敗してしまう。

でもアサシンさんは見ているときにはなかなか食べてくれない。だけど一瞬も目を離さずにいれば、きっと目撃できるはず……。

「おま。やらしいぞ。レディーの食事を見つめるとは、なんとけしからんやつだ！」

「ええっ？」

カインはぎょっとなった。いやそんなつもりはなかったんだけど。

「そうだね。あまり感心はしないね」

魔王さまもそう言った。

うああ。ごめんなさい。ごめんなさい。

「ほらアサシンも。なんか言ってやれ」

リーダーにそう言われたアサシンさんは、こちらを、じいっと見つめて、そして――。

「ばか」

アサシンさんに、怒られてしまった。

ミニ知識

サラマンダー

種《しゅ》 族《ぞく》：リザード系。

つよさ：０．０５ドラゴン。

うまさ：０．３ドラゴン。

備 考：火山地帯に棲息《せいそく》する動物。強さの割りにお肉はおいしく、コストパフォーマンスに優れる。火蜥蜴《ひとかげ》という別名を持ち、トカゲに酷《こく》似《じ》した姿をしているが、通常の爬虫類《はちゅうるい》とは違って、どちらかといえばドラゴンに近い生物。炎と熱を好物とする。体内に蓄《たくわ》えた熱で火を吹く。倒したあとはすぐに調理しないと、肉が自然発火してしまう。

さわってもいいよ

いつものダンジョン。いつもの最下層《さいかそう》。

戦闘があっけなく終わり、ハント・アンド・イートの食事タイムも終わっていて、魔王さまと差し向かいになって過ごす、いつものお片付け&お茶タイム。

リーダーは「体を動かし足《た》りない」と、どこかに運動に行ってしまっていた。アサシンさんも食事の終わりとともに溶《と》けるように闇《やみ》に紛《まぎ》れてしまっている。

魔王さまは、カップになみなみと注《そそ》いだ真っ黒なお茶に口を付けている。不思議な匂《にお》いのするそのお茶は、コーヒーという。南方《なんぽう》の珍《めずら》しい飲み物だそうだ。その黒いお茶を時折《ときおり》すすりながら、魔王さまは本のページに目を落としている。

本のページは紙でなくて、なんと羊皮紙《ようひし》でできていた。羊の皮を薄くなめして作った革《かわ》を紙のかわりに使っている。かなり古い本なのだろう。もしかしたら魔導書《まどうしょ》なのかも。

カインは魔王さまと二人で、たき火のそばにいた。

たき火の周囲、数メートルだけが光の中にある。その外側は闇に覆《おお》われている。リーダーやアサシンさんはその世界を一人で自由に動くことができる。なんなら昼寝だってできる。魔王さまだってそう。このダンジョンだと最下層でもモンスターはそんなに強くない。

もちろん、「そんなに強くない」という意味は、勇者や魔王や、その勇者や魔王を暗殺しようとする暗殺者においての、「そんなに強くない」という意味であって、一般人のカインの場合は、どのモンスターに出会っても瞬殺《しゅんさつ》レベルであることは間違いがない。

よってカインのそばには、常《つね》に誰か一人がいる。いまはそれが魔王さまなわけだ。

彼女と二人きりの時間が、ゆっくりと流れてゆく。

カインのほうは、調理道具の手入れと片付けが、だいたい終わっていた。道具や食材を収める大きな背嚢《バックパック》にすべてを収め直す。カインの背負《せお》っているのはタンスくらいある大きなものだったが、それでもパズルみたいにきちんとしまわないと、蓋《ふた》が閉《し》まらなくなる。

すべて終えると、たき火に薪《まき》を追加して、カインは座った。

本を読みふける魔王さまを、なんとなく見つめる。炎のゆらめく光に照らされる彼女の横顔は、まったく観賞《かんしょう》に値《あたい》する美しさである。魔族である魔王さまは、ふだん地上にいるときは、人目を気にしてマントのフードを目深《まぶか》にかぶっている。だから魔王さまの素顔を見ることができるのは、こうしたダンジョンの中だけで――。

魔族の人といっても、普通の人との違いは、そんなにない。外見的な違いで、いちばん大きなことは、角《つの》があることだ。

頭の左右《さゆう》から、大きな角が生《は》えている。形はちょうどヤギみたいな感じ。頭の左右から生えている角は、官能的《かんのうてき》な曲線を描きつつ、額《ひたい》のほうに伸びていて――。

「うん？　どうしたのかな？」

視線がぶしつけすぎただろうか。魔王さまが顔をあげて、こちらを見つめてきた。

「いえ、あの……」

カインはうつむいた。美人すぎて見つめていました、なんて言えるわけがない。

あっ、いや——。見ていたのはおもに〝角《つの》〟なのだから、それだったら白状《はくじょう》しても——。

「その、角が……」

「角？　……ああ。人間には珍《めずら》しいかもしれないね。魔族は形状の違いこそあれ、大抵《たいてい》、角を持っているものだから、私たちは気にしたこともないのだけど」

「すみません」

カインはうなだれた。

盗み見をしていた気分。なんだかとてもいたたまれない。

「そんなに珍しい？」

しかし彼女は気分を害した風《ふう》もなくて——。からかうような雰囲気《ふんいき》で、カインに訊《き》いてきた。

数秒ぐらい固まっていたが、カインはしぶしぶ——首を縦《たて》にこくんと折った。

「そんなに気になる？」

またまた——こくん。

じつはちょっぴり気になっていた。

「さわってもいいんだよ？」

「えっ？　いいんですか？」

じつはちょっと興味《きょうみ》があったのだ。手触《てざわ》りだとか。固さだとか。触った感じだとかどうなんだろうと、前からちょっと思っていたのだ。

魔王さまの隣《となり》に行って、おそるおそる、手を伸ばす。

「さ、触りますよ……？」

「ん」

短いうなずきが返ってきて、カインは、勇気を出して――触《ふ》れてみた。

けっこう固い。でも表面はしっとりと指先になじむ感じ。それからちょっと温《あたた》かい。あ。そっか。生きているんだ。血が通《かよ》っているんだ。だから体温が伝わってくるんだ。

カインは興味津々《しんしん》で角を触った。ヤギや羊みたいに、くるんと巻いている角を撫《な》でさする。先端《せんたん》の細いところも、根元の太くなっているところも、あちこちを確かめる。

「も……、もうちょっと優しくたのむ」

「は。はいっ。すいませんっ」

カインは謝《あやま》った。ちょっと力がこもっていたかもしれない。

それからは、優しく気を使うようにしながら――。

なでなで。

なで
なで
んっ。

おま。どしたん？

なんでもない。

顔。赤いぞ？

だからなんでもない。

カゼでもひいたん？

まったくもってなんでもない。

勇者の剣

「ねえリーダー」

　いつものダンジョン。いつもの最下層《さいかそう》。

　出会い頭《がしら》にモンスターを切り捨てたあと、ぴゅっと振って剣を綺麗《きれい》にしたリーダーに、カインはちょっと声を掛けてみた。

「うん？　なんだ？」

「えっとその。つまりですね」

　縦割《たてわ》りにされたモンスターを拾《ひろ》いあげて、見慣《みな》れた形のお肉に加工してゆく作業も、もちろんカインの仕事であるのだが――。急いで血抜きしないと、お肉が血生臭《ちなまぐさ》くなってしまうのだが――。

　リーダーが剣をしまってしまう前に、言うべきことが、カインにはあった。

「なんだよ？　はやく言えっての。……キモチわるいぞ？」

　そうまで言われて、カインはもじもじするのをやめた。意を決して、リーダーに口を開く。

「剣。みせてもらえませんか？」

「剣？　なんで？」

「いえあの……」

カインはまたもや口ごもったが、もじもじすることのほうは、ぐっと耐《た》えた。リーダーにもういっぺん「キモチわるい」とか言われたら、再起不能になってしまう。

「勇者のっ！　勇者の剣を……見たいんですよ」

はじめは大声で——つぎはだいぶ小声になり、とにかくカインは言い切った。

「なっ。な……なんでそんなの見たいんだよ」

身を引きぎみにしてリーダーは言う。カインは慌《あわ》てて説明した。

「なんでって……、そりゃまあ、僕だっていちおう男の子ですから。噂《うわさ》に聞こえた勇者の剣とか。すこしは興味《きょうみ》がありますよ」

その当《とう》の勇者が、自分の胸あたりまでしかない小柄《こがら》の女の子だとは思いもしなかったが。

「リサ。見せてあげてはどうかな？　べつに減るものでもないだろう」

魔王さまが口添《くちぞ》えをしてくれた。

「リサゆーな！　……ま。そりゃそうだけどさ」

リーダーは諦《あきら》めたようにそう言うと、鞘《さや》に収める前の剣を、ほいっと気軽《きがる》に渡してくれた。

カインはおっかなびっくり受け取った。戦士でもなくて単なる一般人としては、剣など持ったこともなくて……。ずしりと手の下がるほどの重量に、まず驚いた。

これまでに持ったことのある刃物《はもの》といえば、薪割《まきわ》りの斧《おの》とか、藪《やぶ》に入るときの鉈《なた》とか、あとは木工細工《ざいく》のナイフとか——そして料理のときの包丁《ほうちょう》くらいだった。

「ふふふ。リサはなにをそんなに意地悪をしているのかな?」

「してねーよ。……だって。ハズいじゃん? 憧《あこが》れてたなんて言われっとさー……」

あれ? 僕。憧れてたなんて言ってたっけ? ま。いっか。

リーダーの様子《ようす》を横目で確認しつつ、ちょっと剣を構《かま》えてみたりする。さらに、ぶんぶんと振ってみたりする。

「すごいなー。これが聖剣なんですかー。魔王でも倒せちゃう剣なんですねー」

「いや倒されてはいないけどね」

「あ。すいません。魔王さまのことでなくて、世間一般的な意味における魔王のことでした」

「なに言ってんのかわかんねーよ。おまえ。それよか、自分の足斬《き》るなよー? 剣。はじめて持った初心者は、みんなそれやっちまうんだ」

「だいじょうぶですよ。あはは。すごいなー。すごいなー」

「よろこんでるし」

「カイン君も男の子だったということだね。魔族の男の子も武器は大好きだよ」

「ところで喜んでいるところ、悪いんだが……。それ。聖剣じゃ……サミュールの剣じゃないんだよな」

「え?」

剣をぶんぶん振っていた手を止めると、カインは振り返った。

「それ。そこらの鍛治屋《かじや》で買ったやつ。一五〇〇Gだったっけか」

「ええっ？」

えーと、一五〇〇Gって……。「腹ぺこ赤竜亭《せきりゅうてい》」の日替わりA定食、三〇〇食分くらい？

「安っ！」

「飾《かざ》りは三万な。赤い石つけろって言ったら、それホーセキだから高いとかなんとか言われて」

「高っ！　飾りにそんな何十倍もお金かけないでくださいよ！　あともっといい剣使ってください！　元勇者なんですから！　てゆうか！　聖剣使ってください！」

「あんなもん、ここいらで振り回せるか。山が斬れちまうよ。あと飾ったっていいじゃんか。フツーの女の子とゆーものは、だ。飾りに凝《こ》るものなのだ。オレは知ってるのだ」

リーダーは腕組みをすると、したり顔でうそぶいた。

「オレとか言う癖《くせ》が直らない人に普通の女の子はたぶん無理です」

「わ、わ、わ――わたしっ！　いいんだろ！　これで！　フツーの女の子になるのっ！　なるったら、なるのーっ！」

噂《うわさ》に名高《なだか》い勇者の聖剣を触《ふ》れなかったことに、ちょっとがっかりしてはいたが、カインはリーダーに笑顔を返した。

あっ。そうだ。お肉の血抜きしなきゃ。

〜幼き日のカイン〜

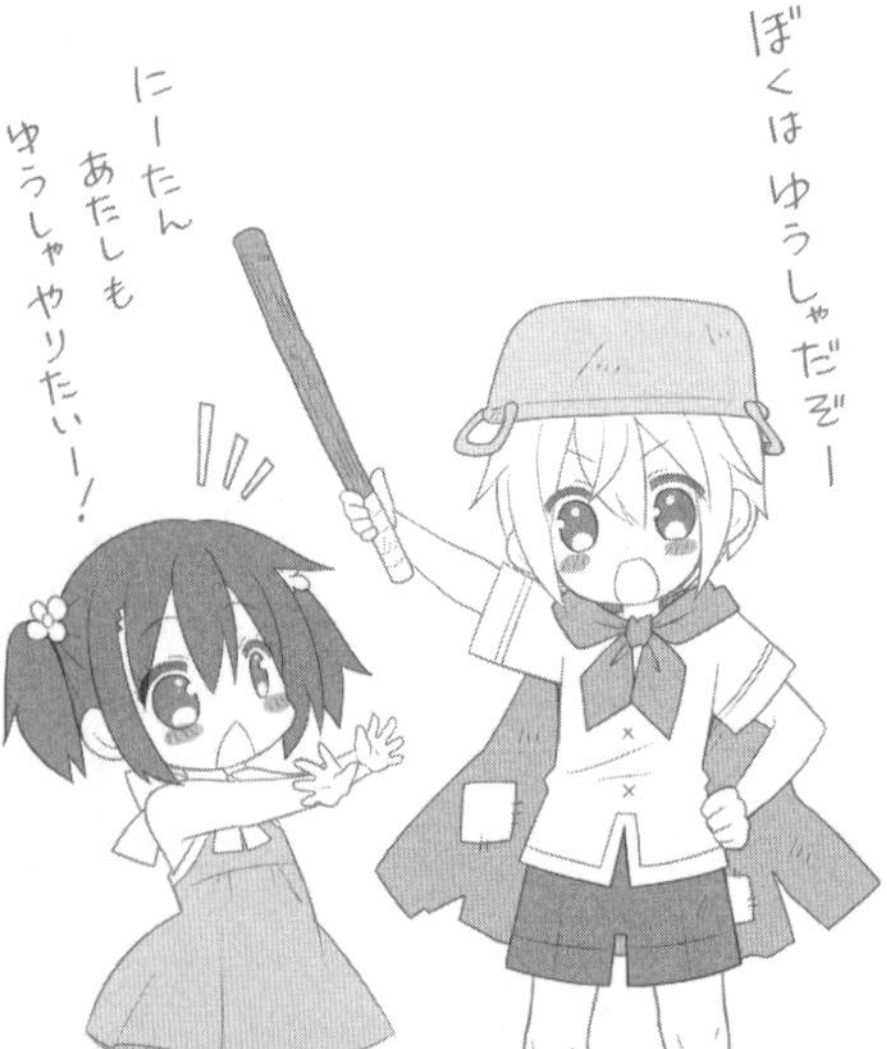
ぼくはゆうしゃだぞー
にーたん
あたしも
ゆうしゃやりたいーー!

ミニ知識

勇者

一つの時代に、一人の勇者が存在するといわれる。勇者は幼少期より常人《じょうじん》とは一線を画《かく》する規格外《きかくがい》の能力を発揮《はっき》する。そしてなによりも、勇者としての最大の資質は、《聖剣》を起動させられることにある。

お金の価値

「お金って、不思議ですよねー」

テーブルの上に置いたコインを、重ねてみたり、転がしてみたりと、いじりながら、カインは言った。

カインたちはいつものように「腹ぺこ赤竜亭《せきりゅうてい》」で遅めの朝食をとっていた。いつものようにランチタイムの真《ま》っ最中《さいちゅう》で、エルマリアが忙《いそが》しそうに駆《か》け回っている。

しかしカインたちのテーブルだけは、のんびりと、気《け》だるげな朝食の雰囲気《ふんいき》。食事の注文は何人前も出しているから、昼のピーク時にテーブルを一つ長々と占領《せんりょう》していたって、店の迷惑《めいわく》にはなっていないはず。

ＧＥ《グッドイーター》といえども、いつもいつもダンジョンに潜《もぐ》ってキャッチ・アンド・イートをやっているわけでない。普通に、酒場ないしは食堂で、普通のごはんを食べているときだってある。

いや……？　むしろ潜っていないときのほうが長いくらい？

次の「美味《おい》しいもの」をリーダーが見つけて、「食いに行くぞー！」と言い出すまで、カインたちは地上でのんびり準備を整えることになる。

「お金のなにが不思議なのかな？」

魔王さまが聞いてくれた。よかった。さっきのつぶやきがスルーされちゃっていて、もういっぺん、わざとらしくつぶやくかどうするか、迷《まよ》いはじめていたところだった。

「いえ。僕の村ではあまり使わなかったもので。わりと物々交換でしたから。村に一人いた商人さんが、街に仕入れに行くときに、お金を持って行っていたくらいで……。僕はこちらに来てから使うようになったんですけど。こんな物が何にでも交換できるのって、なんだか、不思議な感じがしまして……」

「なに言ってんの。おま。そんなのあたりまえじゃーん！　いなかもーん。いなかもーん」

「そういうリーダーなんて、そもそもお金の存在自体、知らなかったじゃないですか」

カインはじろりとリーダーに目を向けた。逆襲《ぎゃくしゅう》に転じる。

「し、し、し、しってたぞ！　なにをいう！」

「覚えてますよ。僕をスカウトしてダンジョンに潜りはじめたすぐのころ。宝石ごろりと転がして、おやじー、これもらってゆくぜー、とか、やってたじゃないですか。お釣りももらわないで。僕がもらっておかなかったら、あれ大損《おおぞん》でしたよ。どこの気前の良い大金持ちですか」

「しってたもん！　あかいきれーな石で！　ものがもらえることはしってたんだもん！」

「幼児化《ようじか》したって無駄《むだ》です」

カインはぴしりと言ってのけた。

「――あと宝石には赤いのだけじゃなくて、青いのも緑のもいろいろありますよ」

「私はあれから勉強したんだ。赤はルビーで青がサファイア。緑はエメラルドだね。そして透明なものがいちばん価値が高いとされているね。ダイヤがそれだ」

「……ちっ。兵団にいたり、勇者やってた頃は、必要なもんは、ぜんぶ支給品だったからなー。しらなくてもよかったんだよ。かねのことも、ほーせきのことも」

「貨幣《かへい》制度というものは、人族《ひとぞく》の大きな発明であると私は考える。金《きん》という金属は、本質的にそこらの石ころと大差がない。錆《さ》びないことと加工しやすいという工業的利点があるだけの、ごくありふれた金属だ。宝石もまたしかり。しかしそこに皆の共通幻想によって〝価値〟を与えているわけだね。幻想を共有し支《ささ》えあうという試《こころ》みは、まさに文化的であるといえるだろう。この試みを推《お》し進めてゆけば、いずれ紙切れにさえ価値を与えることが可能ではあるまいか。たいへん有意義《ゆういぎ》であると結論せざるを得《え》ない。ぜひ魔界にも取り入れたいところだね」

「なに？　なんなの？　魔界って、かね、ねーの？」

「欲しい物は奪《うば》うのが魔界の流儀《りゅうぎ》だからね」

「うわっ。殺伐《さつばつ》っ」

「物々交換も一部では行《おこな》われてはいるよ」

「カインの村とおなじかよー。やーい。おんなじレベルー」

「うちの村はいいところですよー」

都会もいいけど田舎《いなか》もいいですよと、カインはそれとなくアピールしておいた。

「なんですか？　なんですかー？　おカネの話ですかー？」

そこでエルマリアがやってきた。昼もピークを過ぎて、店内は空席《くうせき》が目立ちはじめていた。

「わたし、おカネにはくわしいんですよー？　時給七Gですよー」

「きたよ物欲聖職者《ぶつよくせいしょくしゃ》が」

リーダーがぽそっと聞こえないように言う。

しかし、なんだかみんな、「お金」の話をするときに、言葉のニュアンスが違っている気がする。カインは「お金」と言い、リーダーは「かね」で、エルマリアは「カネ」、そして魔王さまは「貨幣」だった。

「教会の屋根を修理するのに、一万Gかかりまーす。壁《かべ》は二万で、ステンドグラスは五万になりまーす。でも神様を描いているステンドグラスは、あれ直してあげなくてもいいと思うんですけど、どうでしょー？」

「教会が神様祭《まつ》らないでどうするよ。おま相当恨《うら》んでるよな」

エルマリアは――彼女の話がすべて真実だとすれば、もちろん真実なのだろうけど――神様に叱《しか》られて地上に落とされた女神《めがみ》様なのだった。

「屋根と壁だけでも三万Gですよねー。がんばりますー」

「何万時間バイトすんだよ。てか。ステンドグラス直してやらないのは、それ決定か」

本日のＧ　Ｅ《グッドイーター》の話題は、めずらしく食べものではなくて「お金の話」だった。

紙幣というものを
考案してみたのだが
これはさすがに
無理だと思います…

ミニ知識

貨《か》幣《へい》経《けい》済《ざい》

この世界の流通の基本は金貨である。金貨１枚が１Ｇ《ゴールド》。金貨１枚は１０グラムほど。１０００Ｇで１０キログラム、１００００Ｇでは、なんと１００キログラムとなってしまう。したがって高額を持ち歩くことは不可能。数千Ｇ以上の取引には、おもに宝石が使われる。なおモンスターを倒しても金貨は出てこない。冒険者は、皮や角や骨や爪や、結晶核《けっしょうかく》などの素材《そざい》を持ち帰ってＧに換金《かんきん》する。

ひのきのぼうとぬののふく

「ねー。無茶じゃないんですかー?」

「いいや。ぜんぜん大丈夫《だいじょうぶ》だ」

いつものダンジョン。いつもよりぜんぜん浅い、入り口に近いあたりの階層《かいそう》。

ほかの冒険者さんたちとすれ違うこともあるような——そんな場所で、カインはリーダーに詰め寄っていた。

「超余裕《よゆう》だな。まったく危《あぶ》なげもないな」

「でもさっき苦戦してたじゃないですか。三回も殴《なぐ》ってたじゃないですか」

途中で出くわしたジャイアント・タートルに、リーダーは三回も攻撃していた。普段なら大《たい》抵《てい》のモンスターは一撃で一刀両断《いっとうりょうだん》だが、今日は使っている武器が武器なので、両断は無理だ。よって何度も殴るハメになる。

「しかし。この武器いいな。倒さずに退散《たいさん》させられるところが素晴《すば》らしい!」

手にした木の棒《ぼう》をリーダーは振りかざしている。ジャイアント・タートルは倒されることなく、木の棒で三回ボコられたところで、半泣きな感じで逃げていった。

「それ武器じゃないですよ。ただの木の棒ですよ」

カインはリーダーに言った。彼女が今日使っているのは、いつもの一五〇〇Gの剣じゃなくて、何の変哲《へんてつ》もない単なる木の棒なのだった。

「なにを言う。きちんと武器屋で買ったぞ。いちばん安い武器どれだって、おっちゃんにきーたら、ひのきのぼうだって。五Gだって」

「せめて棍棒《こんぼう》くらい買ってくださいよー」

カインはがっくりとうなだれた。今日は荷物がやけに重たく感じる。

「こちらの〝ぬののふく〟は三〇Gだったね」

顔を持ちあげて魔王さまを見る。魔王さまの着ているのは、いつもの露出《ろしゅつ》の高いスーツ姿ではなくて、本当に単なる布の服だ。防具屋で売っているもののなかで、いちばん安いやつ。

「みんなして、もうっ……」

「おそろい。ユニフォーム」

アサシンさんまで、いつもの暗殺者装備《そうび》ではなくて、布の服になっている。

「……カインと一緒」

最近、アサシンさんの表情が少しわかるようになってきていた。いつもと変わらない無表情に見えるけど、いまのこれはたぶん笑顔。

「ええ。はい。僕の着ているのも布の服です。いちばん安いやつです。――でもなんだって今日は初心者装備の日なんですか？」

「おまえがゆーから、証明してやろうと思ったんじゃないか」

「なにを証明するっていうんです？」

「武器の性能の違いが戦闘力の違いでないことを証明するのだ」

「僕そんなこと言いましたっけ？」

「言ったじゃん。勇者の剣つかわねー勇者なんか、がっかりだー、って」

「え？　いえ言ってないですって！　がっかりだー、なんてほうは特に」

このあいだの剣を見せてと頼んだが、そのときのことを言っているのだ。でも言ってないよね？　たしかにちょっとがっかりはしたけど。

「どんな武器を使っても、わたしは強いということを教えてやろうと――」

「いつも使っている武器だってだいぶ安いですよ。一五〇〇Gでしょう」

「一五〇〇じゃないぞ。三万と一五〇〇だぞ」

「飾《かざ》りの宝石は強さとは関係ありません」

「うるさいな。とにかく――だ！　たとえ、ひのきのぼうでも、なんなら素手《すで》だって、わたしはドラゴンだって魔王だって倒せるのだ」

「ふふふふふ。やってみるかい？　……言っておくけど。私が得意なのは魔法だよ。素手でもあまり関係がないね」

「あ。おまえのことじゃなくて。世間一般的な意味における〝魔王〟のほうな」

いわゆる〝最強〟という意味として、〝勇者〟や〝魔王〟という言葉は使われる。

「たたかう？　たたかう？　魔王と勇者に。いま戻る？　〇〇七三《ゼロゼロナナサン》は、暗殺成功？」

「ほらアサシンさんが暗殺者モードになっちゃいますって」

「それはまずいな。こいつ、つえーんだよ。めんどくさいんだよ」

「最初に彼女に襲《おそ》われたときには、とても苦戦したね」

さすがに勇者と魔王を暗殺しようという暗殺者。アサシンさんはとても強いらしい。

「ほらほらっ――アサシンさんも初心者装備《そうび》でも強いってこと、証明してくださいよー」

「ん。〇〇七三《ゼロゼロナナサン》の武器は……。たんとう」

「ああ。はい。普通の短刀ですね。幸運兎《ラッキーラビット》堂で二〇Gのやつですね」

短刀は武器というよりも道具っぽい。木を削《けず》ったり、獲物《えもの》の皮を剥《は》いだりするのに使う。だから武器屋でなくて道具屋で売っている。

「あはははは。安い。安いなっ。二〇Gかよっ。私のなんか一〇Gだぜーっ」

「リーダーのがもっと安いじゃないですか」

「勝ぁちぃー」

「いったいなにを誇《ほこ》っているんですか」

その日の冒険には、いつもより時間が掛かったものの、きちんと最下層《さいかそう》まで行けた。木の棒でも布の服でも、やっぱりみんなは強かった。

ぬののふく
ひのきのぼう
ぬののふく
ぬののふく
かしのつえ
たんけん

お。
斬《き》れた。ひのきのぼうで、
岩、斬れたっ！

斬らないでください。
木の棒で岩とか。

ふむ。かしの杖だと、
永久凍結《コキュートス》の威力《いりょく》は
いまひとつだね

撃《う》たないでください。
初心者装備《そうび》で
最終魔法とか。

天使のヤキトリ

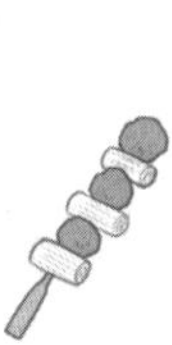

いつものお昼どき。いつもの酒場。

楽しげにホールを駆《か》け回るエルマリアの姿を眺《なが》めながら、カインたちはいつものように遅めの〝朝食〟を摂っていた。

「なー。〝ヤキトリ〟って料理、知ってっか?」

「えーと。なんでしたっけ?」

スカートのひらひらから目を引き剝《は》がして、カインはリーダーにその顔を向けた。

「東の地方の調理法だね。生の鳥肉や香味《こうみ》野菜を串に刺し、火であぶるという、シンプルだが奥の深い料理だよ」

さすが魔王さまは博識《はくしき》だ。

「あー。あー。知ってます。知ってます。前に屋台《やたい》で食べたことあります」

「よし。食ったことあるなら。作れるなっ」

「いやー。僕そんな天才料理人じゃないですからー。いっぺん食べたら作れるとか言えませんけどー。……まあ。なんとか真似《まね》て、やれるとは思いますが」

実際、カインの料理の腕前は、素人《しろうと》に毛が生《は》えた程度なのだ。ダンジョンの最下層《さいかそう》で見つけた珍《めずら》しい食材を、なんとか食べられるようにするので精一杯。味のほうは……正直、あんまり自信がない。それでもリーダーたちは「うまいうまい」と言って食べてくれているけど。

「こんど行くダンジョンが決まったんですか？　あ——ダンジョンじゃなくて、もしかして塔《とう》とかです？　そういえば北の方に天空《てんくう》の塔っていうのが……。あと南のほうには、世界樹《せかいじゅ》っていう、ものすごく大きな木があって、そこも攻略《こうりゃく》が大変なところみたいですよ」

目的地を決めるのはリーダーだ。ダンジョンから戻ってきてしばらくすると、「○○が食べたい！」と騒《さわ》ぎ出して目的地が決まるのだ。次のメニューは天空の塔のガルーダのヤキトリにでもなるのだろうか。

「ところでさー。天使って、いるじゃん」

「え？　天使ですか？　……えーと。神様の使いとかの？」

「そうそう。それそれ」

鶏《にわとり》の足のローストに、がぶりと食いつきつつ、リーダーはうなずく。

「あれってさー。羽。あったよなー？」

「羽ですか？　あるとは思いますけど。でも僕。実物見たことないですし。絵では白い羽があるように描かれていますけど」

「はっきりしろよ。羽があるかどうか、そこがいま、重要なんだぜ？」

「そういうことでしたら、エルマリアさんが詳《くわ》しいんじゃないかと——」

と、カインは顔を巡《めぐ》らせた。昼どきの彼女は、一つ所《ところ》にいない。首をめぐらせて、あちこち捜《さが》していると――。

「うわぁ！」

「お呼びですかー？」

にこにこ笑顔が、すぐ真横にあった。

「天使ちゃんですかー？　ええ。はい。かわいーですよねー。ぱたぱたって」

「やっぱ。羽。あるよなー。そうだよなー」

「さっきから。なんなんです？　……リーダー？」

ヤキトリの話をしていたと思ったら、次は天使の話。まったく関連がない。

「いや。天使ってさ。食えるのかなーと」

「ぶっ！　――食わないでください！」

「いや。しかし考えてもみろ。羽があるってことは、味は鶏に似ているかもしれんぞ？　あとわたしらが見つけた法則に、〝強いものほどウマい法則〟があったろ？　天使ってのは、生まれつき、結構、つええらしーじゃん？　てえことは。ウマいってことじゃん？」

「やっぱりヤキトリだよなー。塩がいいな」

「もう味付けのこととか考えてるし」

そう言いつつ、カインは、そこに立っているエルマリアのほうを、ちらりと見た。

「だめですよー。天使ちゃんたべちゃったら。かわいそうですよー」

「ほら。そうですよ。だめですよ。バチがあたっちゃいますよー」

カインはエルマリアと二人して、リーダーの説得《せっとく》に取りかかった。

「羽なら、神様にもありますからー」

カインはぎょっとした顔をエルマリアに向けた。いまとんでもないことを彼女は口走った。

「ほほう。我々《われわれ》、魔王と勇者といえど、〝神〟とは戦ったことはないな」

「いやだめでしょう！　神様と戦うなんて！　ましてや食べちゃうなんて!?　絶対だめだめ！」

「いいえ——」

片手を胸元にあて、厳《おごそ》かな声で、エルマリアが言う。ひらひらのミニスカートを穿《は》いてはいても、そこに一瞬、聖職者《シスター》の威厳《いげん》が現れる。

「——神様はこうおっしゃられました。〝スタンド・アンド・ファイト。勝ったら。食ってよし〟——ですので、神様と戦って勝ったら、食べちゃっていいんですよー」

「いいのーっ!?」

「ええ。勝ったら♡」

「ははは……」

カインは力なく笑った。まあさすがに、いくらリーダーと魔王さまが強いといったって、神様には勝てないとは思うけど。……まさかね。

マンモーの肉
マンガ肉
ドラゴン・ステーキ
天使のヤキトリはじめました
マスター！あれをくれ！

ミニ知識

天使

神の使いとして、時折、人間界に姿を現す高次元の存在。頭に光輪《こうりん》をいだき、背に羽を生《は》やした幼年《ようねん》の人の姿を取る。だが肉体を持っているわけではなく、その正体は高密度のエネルギー体。神の意志の代行者《だいこうしゃ》であり、時に人を助け、時に人を滅《ほろ》ぼす。

迷ったときには

とある昼下がり。とある街中の、とある雑踏《ざっとう》。

幸運兎堂《ラッキーラビット》のショーウィンドーの前に、カインはぴたりと張りついていた。

「いいなー。ほしいなー」

飾《かざ》られている品物を眺《なが》めて、そうつぶやく。幸運兎堂《ラッキーラビット》はカインがよく使う店だった。この街は近くにいくつも有名なダンジョンがあるせいで、冒険者が多く集まっている。冒険者向けの品物をなんでも取り扱う店が、ここ、幸運兎堂《ラッキーラビット》なのだった。

ショーウィンドーに飾られているのは包丁《ほうちょう》だ。

剣や盾《たて》や鎧《よろい》などといったアイテムも、もちろん並んではいるのだが、カインの目がロックオンしているのは、脇《わき》のほうに展示されている二振《ふたふ》りの包丁だった。

普通、鍛冶師《スミス》というものは、剣や鎧を打つものだ。包丁やはさみなどは本業の合間に打っている。しかしこの二振りの包丁を作った二人の鍛冶師《スミス》だけは、包丁専門なのだった。

その銘《めい》の入った包丁は、すべての料理人、垂涎《すいぜん》の的《まと》である。

いいや。べつに料理人じゃないんだけど。ＧＥ《グッドイーター》の料理番っていうだけだけど。

きっとすごい切れ味に違いない。

そんな包丁があれば、皆にもっと美味《おい》しい料理を出せる――気がする。いいや出せるはず。出せるに違いない。そう決まった。

「でもなー。高いんだよなー」

つぶやきながら、カインはじーっと眺めていた。ガラスに顔を貼《は》り付けかねないほど近づけて、目をまんまるに見開いている。まばたきの回数も普段の半分以下。

どちらの包丁も、値札には〇《ゼロ》がいっぱい並んでいた。だが所持金をすべて注《つ》ぎ込めば、買えないこともない値段。これでもカインにはそこそこ蓄《たくわ》えがある。GEがダンジョンに潜《もぐ》る目的は「美味しいもの」だけど。食べられない部分――たとえばミノタウロスの角《つの》だとか、コカトリスの蹴爪《けづめ》だとかを持ち帰って売ると、けっこうなお金になるのだ。

皆はお金のことがイマイチわかっていないので、そうして得《え》たお金は、カインがまとめて管理していた。具体的には「腹ぺこ赤竜亭《せきりゅうてい》」への支払いなどにあてている。分配率は3：3：3：1くらい。皆は3でカインは1だ。それでも貰《もら》いすぎな気がしている。

そうして溜《た》めたお金で、いま買うことのできるのは、どちらか包丁を一振りだけ――。

「う～ん。……悩《なや》むなぁー」

当初の悩みは「買おうかどうするか」だったはず。それがもう「どっちを買うか」にすり替わってしまっている。二人の鍛冶師《スミス》による包丁は、それぞれ用途《ようと》が違っていて、どちらも欲しいものだった。けれど二本は買えない。

だから悩《なや》む。大いに迷う。

「う〜ん。う〜ん。う〜ん。う〜ん。う〜ん……」

「おや。カイン君ではないか。なにを変な声をあげているのかな?」

「えッ?」

涼《すず》やかな女のひとの声に——カインは振り返った。

「あ。魔王さま」

街中なので、彼女はマントの前をぴたりと綴《と》じ合わせていた。フードも深めにかぶって角《つの》を隠《かく》している。ミステリアスな女予言者とでもいった風情《ふぜい》である。

「いえべつに変な声をあげていたわけではなくて、どっちの包丁《ほうちょう》がいいか悩んでいたんです」

「そうなのか。よかった。お腹でも痛《いた》いのかと心配してしまったよ」

「え? そんなに変でしたか?」

「リサやアサシンにもぜひ見せたかったところだね」

くすくすと彼女は笑った。

「えーっ」

「さて。店内に入ろう。眺《なが》めていても包丁は買えないよ」

「えっ? いえでもまだ決めてなくて——」

さっそくドアを潜《くぐ》っていってしまった彼女のあとについて、カインも店の中に入った。

よく使う店なので、店番の女の子は馴染《なじ》みの顔だった。日替わりで姉と妹が交替している。今日はお姉さんの日。にっこりと微笑《ほほえ》み（営業用）が送られてくる。

「いらっしゃいませー♡」

「包丁を。ショーウィンドーのところにあるものを、二本とも」

「えっ？　ちょ――!?　二本なんて買えないですよ!?　僕――一本だけしか」

「迷ったときには両方とも買うものだよ」

「そんなの無茶ですって!?」

「そうかな？　これが我《わ》が一族のやりかたなのだけど」

「素晴《すば》らしいと思いますぅー♡」

「ほら。彼女もああ言ってくれている。――それでは両方とも頂こうか」

マントの袖《そで》が開かれ、魔王さまの手が、カウンターの上にごろりと宝石を転がす。

「ちょ――!?　それ――ルビー……ってか!?　デカっ……!?　じゃなくて!?　自分で払いますから！　いいですから！　一本で充分ですから！」

ゆうに握《にぎ》り拳《こぶし》サイズもある紅玉《ルビー》にカインはビビっていた。

「まあまあ。これはプレゼントということにさせてくれたまえ。君が良い道具を使ってくれて、美味《おい》しい料理を作ってくれることは、我々ＧＥ《われわれグッドイーター》の目的にもかなうことだしね」

王族である魔王さまは、迷ったときの方法も凄《すご》かったが、支払いかたも凄かった。

どちらも もらおうか
ありがとうございまぁす♡

幸運兎堂《ラッキーラビット》

ミニ知識

「調理道具からキャンプ用品まで。ここにくればなんでも揃《そろ》う！　お値段はいつでも良心価格！　スマイルはいつだって0G《ゴールド》！　１０００G以上お買い上げのお客様には、幸運のお守り、兎《うさぎ》の足のキーホルダーをもれなくプレゼント！　お買い物は幸運兎堂《ラッキーラビット》まで！」

店番をしている美人姉妹《しまい》は双子《ふたご》。親でさえ見分けが付かない彼女たちを、なぜかカインは見分けることができる。

駄肉

「なーなー。どうすりゃ、そんな、おーきくなるん？」

「うん？」

いつものダンジョン。いつもの最下層《さいかそう》。いつものように食事が終わって、お茶が出回るタイミング。リーダーのための緑のお茶と、魔王さまとアサシンさんのための黒いお茶と、自分のための紅《あか》いお茶と、それぞれ違うお茶を、ぜんぶ淹《い》れてゆくのに、カインはとても忙《いそが》しかった。

リーダーが魔王さまになにかを訊《き》いていたようだけど——。なんの話だろう？

「なんのことかな？」

魔王さまにもわからなかったのか——。角《つの》を傾《かし》げてリーダーに訊いている。

「だーかーらー……。ばいーん。だいーん。どいーん。って」

リーダーは胸のあたり、ウエスト、お尻《しり》のあたり——と、順々に手を下ろしていった。

「なっ……」

絶句したのは魔王さまだけではない。カインなど、もっと慌《あわ》てていた。

——うわあ！　ガールズ・トークだったよ！

女子の体型の話なのだとわかったからには、全力で聞こえていないふりに取り組むべきだ。

しかし。ここに男の子がいるのに。ぜんぜん気にしないんだなー。このひとって。

「な……、なんのことかな？」

「だから。おまえみたいなスタイルになるには、どうすりゃいいの？　食いもんか？　鍛錬《たんれん》か？　なにか特別なもの食えばいいの？　それとも特別な鍛錬方法でもあるの？」

「私みたいな……と、いうと？」

「だーかーらー！　ばいーんでだいーんでどいーん、だっつーの！」

「や、やめてくれ……、特に、どいーん、のところ……」

「ん？　なにがさ？　だっておまえは――」

「あの。リーダー」

カインは勇気を持って話に割りこんでいった。空気を読んで、それとなくリーダーに言う。

「ばいーんはともかく、どいーんはやめましょう。魔王さま、気にされているみたいですし」

「いや、ばいーん、とかのほうも、できればやめてほしいんだけど……。あと。気にしてないぞ。断じて気にしていたりなんていないんだから！」

魔王さまは言い張っている。大変にわかりやすい。

「なんだよ。ヒミツかよ？　――ずるいぞ。おしえろよ！」

「べつに秘密などは――」

「魔王さま。そんなにスタイルがいいのに。なんで、そんなに気にしているんですか？」

カインは訊《き》いた。気にしていることはわかっても、その理由まではわからない。なかばやけだ。毒を食らわば皿までというし、ガールズ・トークのなかに飛びこんでゆく。

「わ、私は……、ちょっとその……、駄肉《だにく》ぎみではないかな？」

「え？　いえぜんぜんそんなことはないですけど」

カインは首を傾《かし》げた。魔王さまのプロポーションは、女の子なら、きっと誰もが憧《あこが》れる体型のはず。女の子じゃないから、よくわからないけど。

「わ、私はっ……、リサみたいな体型がいいんだっ。そういうスレンダーなのがっ！」

「んだよ？　侮辱《ぶじょく》かよ？」

リーダーが犬歯《けんし》を剝《む》きだした。腰を浮かしかける。

「そんなつもりはない！　――てゆうか。そういうリサだって。なんだそれは。侮辱か？　私の体型に対する侮辱なのか？」

売り言葉に買い言葉。魔王さまも立ち上がりかける。

「あー。はい。お茶はいりました。コーヒーもどうぞ」

「お。おう」

「あ。うん。ありがとう」

二人はとりあえず腰を下ろすと、カインの淹《い》れたお茶を飲みはじめた。

「はい。アサシンさんもコーヒーどうぞ」

カインはアサシンさんにもお茶を出した。

「ん。」

アサシンさんはカップを受け取ると、両手で持って、くぴくぴと飲みはじめた。

カップをすっかり空《から》にすると、かふ、とあくびをする。

「もう遅い時間ですからね。ねむねむですね」

「ん。」

アサシンさんはうなずくと、ころん、と横になった。

リーダーと魔王さまを熱くさせているこの話題に、まったく興《きょう》味《み》がない様子《ようす》。

「リサも……、私みたいな駄肉に妙《みょう》なコンプレックスを向けていないで、自分の素晴《すば》らしいスタイルを誇《ほこ》るべきだと思うんだ」

「駄肉じゃねーよ。いい肉だよ。おまえも誇れよ」

「リサが誇れば、私も誇れるように思う」

「無理だって」

「じゃあ私も無理かな」

「くれよ。それ。いらねーんだったら」

「交換できるといいね」

「そだね」

人格交換魔法の
実現可能性について
考えてみた。

マジかよ！ できんのかっ!?

まず四つの技術的障害があり、
道徳的障害はこの際《さい》
置いておくとしても、さらに
二つの精《せい》霊《れい》契約上の障害が――

毒味

「これはー、あれだよなー」

「うん。あれそうだね」

「見るからにあれですよー」

いつものダンジョン。いつもの最下層《さいかそう》。

そろそろ今夜のごはんの時間。なにか〝材料〟になるものを探していたカインたちは、通路の隅《すみ》っこのほうに生《は》えていたキノコの前で立ち止まっていた。

両手で抱《かか》えるほどの大きさのある巨大キノコだ。黄色に紫色の水玉模様である。

「まー。べつに倒したわけじゃないからなー。食わんでもいいわなー」

倒したら食べなければならない、というのが、リーダーの決めたＧＥ《グッドイーター》のルールである。

「遠い世界の格言には、〝君子危《くんしあや》うきに近寄らず〟とあるそうだよ。みずから危険に近づくのは愚《おろ》か者という意味だね」

「危ないですよ。これ絶対に毒キノコですって。色も模様も見るからに怪《あや》しいですよ」

「だな。――じゃっ！　行くか！」

巨大キノコはスルーすることに決定！　皆で歩きはじめたのだが――。

ひとり、その場に立ち止まったままだった。

アサシンさんだった。指先を唇《くちびる》にあてて——というよりも、口にくわえて、黄色と紫の水玉キノコを、じいっと見つめている。

「あの。アサシンさん。行きますよ？」

「ん。」

「それ。食べられませんよ。毒キノコですよ。たぶん」

「ん。」

「いえ。〝ん。〟——じゃなくって。それ。食べられませんし。食べるのはアブないですし。狩《か》ってないいんだから食べる必要もないですし。だからもう行きますよ」

「ん。」

アサシンさんは動かない。その目はキノコにロックオンしたまま。

「ほら。行きますよー」

手を引く。

動かない。

「食いたいいんじゃねーのか？」

「梃子《てこ》でも動かないという感じだね」

「もう。アサシンさん。もし毒キノコだったら大変ですってば」

「だいじょうぶ。〇〇七三《ゼロゼロナナサン》は、毒につよい」

アサシンさんが、「ん。」以外の言葉をはじめて返す。

「そういや、おまえって、暗殺者だっけか」

「暗殺者や忍者は、毒に耐性《たいせい》を持つための訓練《くんれん》があると聞くね。弱い毒からはじめて、すこしずつ強い毒に慣《な》らしてゆくのだとか」

「ああ。なるほど。アサシンさんの場合には、食べても平気なわけですか」

それで食べたそうにしていたわけだ。

「よし。食べろ。毒味しろ。――もし平気だったら、オレらも食べるから」

「キノコ鍋《なべ》とか。キノコの網焼《あみや》きなんかもいいですね。――あとリーダー。ほら。ほらっ」

「ん！ んんんっ！ ――わ、わ、わ、わたしっ！ いいんだろ！ これでっ！」

リーダーが〝オレ〟と言ったときに正すのは、カインの役目であり趣味だった。指摘するとリーダーは照れたような顔になる。元勇者じゃなくて、普通の女の子のように見える。

「ん。」

アサシンさんは、キノコの端《はし》っこのところを、すこしだけむしった。口元へと運ぶ。

「ああ。焼きますよ。――って」

もぐもぐ。ごっくん。

食べちゃった。しかも生《なま》で。

「アサシンはナマ派かよ」

「ワイルドですね」

「私たちも、カイン君が来てくれるまではナマだったよ」

「残念でしたね」

「しっ！　――どうだ？　アサシン？」

リーダーが訊《き》く。こちらを向いたアサシンさんの顔が、みるみる強《こわ》ばっていって――。

ぱたり。と。地面の上に、前のめりに倒れてしまった。

「わわわっ！　わーっ！　わーっ！　ア、アサシンさんっ!!」

「おい毒消しっ！　毒消し草っ！　魔法っ！　魔法っ！　おい魔王！　ぼうっとしてないで魔法つかえ！」

「ああ。うん。すまないね。私は治療《ちりょう》魔法はいまひとつ苦手で。……でも大丈夫《だいじょうぶ》だと思うよ」

慌《あわ》てまくるカインとリーダーをよそに、魔王さまはわりと冷静だった。

アサシンさんは数分くらいしたら、自力で復活してきた。

「抗体《こうたい》。できた」

そんなことを言って、キノコの残りを、もっしゃもっしゃと食べはじめる。

「おいしいよ？」

アサシンさんにそう言われても、そのキノコを食べる勇気は、誰にもなかった。

おいしいよ？

い……、いえっ、
僕はいいですから……。

おいしいよ？

む……、むりっ、
僕は無理ですから……。

おいしいのに。

尾行

広々とした街の雑踏《ざっとう》。

人がいっぱいいるなぁ、と、妙《みょう》な感慨《かんがい》に浸《ひた》りながら、カインは夕方の大通りを歩いていた。

なにしろ月の半分以上はダンジョンの奥地に潜《もぐ》っているわけで、「ほかの人がいる」という、ただそれだけのことが、ちょっと新鮮に映《うつ》るというか……。

ダンジョンの奥地とは違って、見える範囲《はんい》だけで何十人もの人がいる。皆、それぞれ別々の方向に歩いている。仕事の途中らしきおじさんやら、配達中らしきおばさんやら、散歩らしきおじいちゃんやら、デート中と思われる男女とか、「はじめてのお使い」の最中《さいちゅう》っぽい小さな子供もいたりする。

カインは通り過ぎてゆく子供の背中を見守った。小さなぼうやは、「おにく。にんじん。じゃがいも」とか呪文のようにつぶやいている。がんばれ。お肉屋さんは通り一つ向こうで、八百屋さんは二つ向こうにあるよ。

「ところで……。あの……？」

首筋《くびすじ》で視線を感じ取って、カインは斜《なな》め後ろを振り向いた。すこし後ろの建物の角《かど》のところに、アサシンさんの顔が半分だけ覗《のぞ》いている。じーっと、見つめられている。

「あの……。なんでしょう」

問いかけると、アサシンさんは、ささっと隠《かく》れた。ちょっと可愛《かわい》い。……じゃなくて。

「なぜ僕は尾行されているのでしょうか？」

暗殺者のアサシンさんが、本気を出して尾行したなら、自分なんかが気づくことは絶対に不可能だ。よってアサシンさんは本気で尾行しているわけではないはずだけど。でもなんで？

「〇〇七三《ゼロゼロナナサン》は……、見守っている」

「えっ？　僕、見守られていたんですか？」

尾行じゃなかった。さっき子供を見守っていたのと同じだった。温《あたた》かく見守られていた。

「でも、なんで？」

「カインは。弱い」

アサシンさんは、ぽつりと口にした。

「ええ。まあ。弱いですけど」

カインはあっさりと認めた。女の子から「弱い」とか言われたら普通はショックを受けるところなのかもしれない。だがリーダーや魔王さまやアサシンさんや、世界最強決定戦にノミネートされるような人たちから「弱い」と言われたところで、それは単なる事実にすぎない。

「カイン。死んでしまわないか。心配」

「いや死にませんって」

「カインは。ダンジョンの中では一人で行動してはならない」

それはリーダーの定めたルールである。ダンジョン最下層《さいかそう》では、一般人のカインはどんなモンスターに出くわしても瞬殺《しゅんさつ》だ。よって絶対に一人になってはいけない。

「それはその通りですけど……。でもここは街中ですって」

「ひどく心配」

「いやぁ……」

ひたむきな視線をアサシンさんから向けられて、カインはぽりぽりと頭の後ろをかいた。

気にかけてもらえるのは嬉《うれ》しくもあったが、困ったこともある。じつは今日は朝からずっと尾行――じゃなくて、見守られているのだ。

「ほんとに。なんにも危ないことはないですって」

「ここは。人がいっぱいいる」

「ええ。はい。そうですね。街中ですから。人はたくさんいますよね」

「誰がカインを殺そうとしているか。わからない」

「いえそんなことは――」

と、言いかけて、カインは気がついた。ああそっか。アサシンさんは暗殺者なわけで、殺すとか殺されるとか、そういうことが日常だったのかもしれない。

「じゃあ人のいないところに行きますから」

仕方《しかた》なく宿《やど》に向かうことにする。借りている自分の部屋に入る。今日はまだ早いが、ベッドに入って休もうとして――。

「あの？　ほんとに大丈夫《だいじょうぶ》ですから」

部屋の中までついてきてしまったアサシンさんに、そう言った。

「まだ。そこはかとなく。心配……。今日はずっとついていたい。……だめ？」

「え？」

カインは目をぱちくりとさせた。

アサシンさん。言っていることの意味。わかってます？

「……だめ？」

見上げるような視線の、その破壊力《はかいりょく》たるや凄《すさ》まじく――。

「あーわかりました。じゃあ僕は床《ゆか》で寝ますから、アサシンさんはベッドを使ってください」

そこは譲《ゆず》れない点。女の子を床で寝かせるわけにはいかない。

「そ」

素直《すなお》にうなずくと、アサシンさんはベッドに向かい――その下へと潜《もぐ》り込んだ。

「え？」

ベッドの上でなく、下に入りこんで――アサシンさんは、そこで寝た。

暗殺者はベッドで寝ない――ということを、その日、カインは、初めて知った。

選択してください

*アサシンさんを床《ゆか》でねかせますか？

▶ はい

いいえ

びっくり

いつものダンジョン。いつもの最下層《さいかそう》。

いつものように一列に並んでダンジョンを進んでいた。

皆の並び順は、先頭から、リーダー、魔王さま、カイン、アサシンさん——となっている。

大きな荷物を背負《せお》ったカインは、前と後ろを守られる形だ。

「カイン」

すぐ後ろにぴったりついて歩いていたアサシンさんが、めずらしく話しかけてきた。

「はい。なんでしょう」

「これから〇〇七三《ゼロゼロナナサン》の秘密をはなす」

「はい？　秘密ですか？」

「〇〇七三《ゼロゼロナナサン》は……、じつは、男の子」

「え？」

急にそんなことを言われた。意味が頭に浸透《しんとう》するまで、数秒かかる。

「えっ？　ええっ？　えええ〜〜っ!?」

アサシンさんのこと。ずっと女の子だと思っていたけど！　ええっ！　じつは男の子だったのーっ!?

そういえば改《あらた》めて訊《き》いたことはなかったけど!?　えっ！　えっ!?　えええ――っ!?

「ほ――ほんとなんですかっ!?」

「うそ」

アサシンさんは、あっさりと言った。

「あっ……」

かくんと膝《ひざ》の力が抜けた。地面に両手をついた。荷物の重さに押し潰《つぶ》されてしまいそう。

「すげー。すげー。なんつー破壊力！」

リーダーがはしゃいでいる。驚いていないで、喜んでいるということは……。

カインは恨《うら》みがましい目をリーダーに向けた。

「リーダー――。なんなんですかぁー……。これはー……？」

「あー。うん。第一回。カインを驚かせよう大会――だなっ」

「ですからなんなんですか。それは」

「おまえのことを一番驚かせたやつの勝ちぃー」

「ですから……、なんなんですかそれは……、もうー」

「ちなみに二番手はオレだ」

ようやく立ち上がったところに、リーダーが言う。

リーダーが〝オレ〟といったときに訂正するのはカインの役目であったが……。今日はその気力も湧《わ》いてこない。

「さあ驚かしてやるぞ」

「無駄《むだ》だと思いますよ。これから驚かしてやるって言われて、驚く人間なんて――」

「――ごめんな。じつはオレ勇者じゃなかったんだ」

リーダーはとてもすまなそうな顔で、自分の肩を抱くような仕草《しぐさ》で、そう言った。

「えっ？　えぇーっ⁉　リ、リーダーって――⁉　えっ⁉　えええ――っ⁉」

「おもしろいな。こいつ」

いつもの顔に戻って、リーダーは、からからと笑った。

「あっ――あああっ⁉　だっ……、だましましたね！　いまのうそだったんですね！　うそだって言ってくださいよ！」

「まだ驚いているのかよ。ふふふのふ。――どうよ、アサシン？　これが勇者の実力だぜ？」

「つぎは私の番かな」

と、つぎは魔王さま。

「ふふふふふ。おまへ。不利じゃね？　カインもさすがにちょ〜っと警戒《けいかい》してるんじゃね？」

「まあ実際。ちょうどいいハンデかな。権謀術数《けんぼうじゅっすう》は魔族の本能みたいなものだからね」

長い髪をかき上げて魔王さまは不敵《ふてき》に笑う。

「ま、ま、ま、魔王さまはっ、な、な、な、なんだっていうんですか？　まさか魔王じゃないとか言いだしませんよね。驚きませんよ僕ぜったいそんなんじゃ」

「驚いたじゃんよ。いまおまえ」

「もう驚きません！　なにを言われたって！　ぜ〜ったいに驚きません！」

全身に力を込めて、カインは身構《みがま》えた。

魔王さまが、口を開く。

「じつは私は……、七十二歳なんだ」

「えええええ――――っ!!」

カインはしばらく、口をぱくぱくとさせていた。

それから思いついた。今日はうそをついて自分を騙《だま》す日だったのだ。

「そ、そ、そ、そ――そうでした!!　これはうそです!!　うそなんですよねっ!?」

「いや。これは本当」

「ええええええ――――――っ!!」

開《あ》いた口がふさがらなくなってしまった。本当に驚いた。びっくらこいた。

「私の優勝――ということで、これはよいのかな？」

「ちっ」

リーダーの舌打《したう》ちが響《ひび》いた。

魔族の寿命は人間の
三倍はあるからね
人間にすれば
24歳相当になるのかな

そういえばリーダーは、
幾《いく》つなんですか？

女のトシを訊《き》くか。おまえ。
デリカシーないやつだな。

え？　だめでした？　これ？

べつにいいケド……。
でもオレ。知らねーんだ。
自分のトシ。
孤児《こじ》だったからサ

ケッコン学

いつものダンジョン。いつもの最下層《さいかそう》。

食事もだいたい終わって、皆の顔からキケンな形相《ぎょうそう》が消え、お茶とともに「ゆとり」が出回りはじめた、そんな頃合い――。

「なーなー。魔族のほうってさー。アレ、どーなってんの？」

リーダーが、ふと、そんなことを言う。ちなみにリーダーだけはまだ食事が続行中。彼女の好きな部位の「骨付き肉」はまだ残っている。

「アレ……とは？」

ゆったりと余裕で構えて、魔王さまがリーダーに訊《たず》ねる。

たしかに「アレ」では意味不明だ。リーダーはよくそういう話しかたをする。思いつきと感性で動いている人だ。理知的で論理的な話しかたをする魔王さまとは、まったくの真逆だ。

「だーら、アレだってば」

「ふむ。アレなのだな。困ったね……。ふふ」

魔王さまはカップの中の液体を揺《ゆ》らしながら、辛抱《しんぼう》強く応《おう》じる。彼女の発する絶大な「ゆとり」は、手の中のカップを満たしている真っ黒な液体によって生まれるものも大きいのだろう。

コーヒーは真っ黒でとても苦いのが、慣《な》れると病《や》みつきになる味なのだという。リーダーとカインは、一口飲んだだけでその苦さにギブアップしたが、アサシンさんは気に入ったらしい。いまも魔王さまの隣《となり》で、くぴくぴとカップを傾《かたむ》けている。

「して——。アレとは？」

「だからアレだってば！　け、け、け、ケッコン！　……とかだっつーの！」

ものすご〜く言いにくそうな顔で、リーダーはそう言った。さっきから「アレ」とばかり言っていたのは、素《す》で天然《てんねん》で言い忘れていたのではなくて、照れていたわけだ。

「つまりリサは、魔族において結婚という契約《けいやく》の習慣があるかどうかを訊ねているわけだね」

「うん。そだよ」

リーダーは神妙《しんみょう》な顔でうなずいた。以前であれば、「リサゆーなー」と、ひとこと文句を言っていたところだが、最近のリーダーは訂正を忘れることがよくあった。

「私の場合には実体験ではなくて〝物の本〟による知識になるのだけど。それでもいいかな？」

「じ、じ、じ、実体験なんか、あるわけねーっつーの！」

「それはしたり」

魔王さまは軽く笑ってうなずいた。隣に気配《けはい》を感じてそちらを向くと、アサシンさんも、こくこくとうなずいていた。

そりゃ確かに皆さん〝結婚〟ないしは〝ケッコン〟の実体験なんてあるはずがない。カインもない。それ以前に女性と交際したこともない。わざわざそう考えるとちょっと悲しい。

「いちおう魔族にもそうした制度はあるみたいだね」

「みたい……って？　ハッキリしねーのな？　……ほらっ、おまえも、親とかっ、そーゆーのっ……、いるんだろ？　その親とかは、け、け、ケッコン！　……してなかったのかよ？」

あれ？　カインはなにか違和感《いわかん》を覚えた。なにかいまリーダーは、「親」という言葉も言いにくそうにしていた。まるで初めて使う言葉みたいに……？　「結婚」が「ケッコン」になってしまう理由は、わかるし。すごくリーダーらしいと思うんだけど……。

「ふむ。私のところは王家だったものだから。家族の概念《がいねん》がそもそも希薄《きはく》でね。訊《き》いてみたことはなかったたな。でも下々《しもじも》の者たちの間では、最近、流行《はや》っているそうだよ。――結婚が」

「ケッコンって、それ、流行るとか流行らないとか、そーゆーものなの？」

「魔族の間で、もっともポピュラーなプロポーズの言葉は――〝おまえを征服《せいふく》させてくれ〟と、そう言うらしいね」

魔族らしいなぁ、と、カインは笑った。人間の場合はなんになるだろう？　〝毎日メシを作ってくれ〟だろうか。――って、毎日メシを作っているの僕だよね。肉焼いてるよね。

「リサはなぜそんなに知りたがるのかな？　結婚に興味があるのかな？」

魔王さまがリーダーにそう返す。

「べつに」

リーダーはそっぽを向いてそう言った。魔王さまの微笑《ほほえ》みを受け流すように、その顎先《あごさき》が、ぐーっと、どこまでもどこまでも回ってゆくが、やがて首の限界に達する。

「僕も知りたいです。リーダーって、結婚に興味があるんですか？」

「べつにケッコンにはねえよ。……ただ。ケッコンとかゆーの、したらさ。〝家族〟ってのができるわけじゃん。オレ――いなかったから。その……、〝家族〟ってゆーの」

リーダーが〝オレ〟と口にしたときに訂正《ていせい》するのはカインの役目であったが……。今日はそっとしておいた。悪い質問をしてしまったことを、大いに反省する。

「肉くれ」

いつもと変わらない声に戻って、リーダーの手が伸びてくる。

カインは肉を手渡しながら、思っていたことを、ふと口にした。

「そういえば僕。リーダーに、前、言われたんですけど。――〝毎日肉を焼いてくれ〟って」

「それはプロポーズの言葉かな？　つまりリサは、カイン君にプロポーズしてしまったと？」

「うえっ？」

魔王さまの言葉に、リーダーはぎょっとした顔をしていた。もっとぎょっとした顔をしていたのは、カインのほうだ。

「やっべー！　オレ家族できちまったよーっ！」

あ。そうなるんだ。

毎日オレに肉を焼いてくれ！
え？

ミニ知識

ケッコン

世間一般における「結婚」とは、教会で神父《しんぷ》様もしくはシスターの前で宣誓《せんせい》を行い、夫婦となり、一生の誓《ちか》いを立てることをいう。ちなみにＧＥ《グッドイーター》における「ケッコン」は、そちらとは、ちょっと意味が違っている模様《もよう》……？

家族学

たき火を囲《かこ》んで、話は続く。

「肉くれ」

リーダーの手が伸びてくる。カインは骨付き肉を手渡した。今日の獲物《えもの》は足が六本あるトカゲ（？）みたいなモンスターだったので、リーダーの大好きな骨付き肉を六本ほど取ることができた。まだおかわりは残っている。

肉を渡すときに手がすこし触《ふ》れあって、カインは気になってしまったが、リーダーはまったく気にしていないようである。

さっきのプロポーズ云々《うんぬん》の話は、やっぱり冗談《じょうだん》だったらしい。カインのほうはまだドキドキが収まらずにいるのだが……。

「なー、おまえさー、家族いたんだろ、話せよ」

一瞬、自分のことかと思ったが、リーダーが肉を振り向けた先は、魔王さまだった。

「ふむ。……私のところの話かな？」

「家族いるってゆーたじゃーん。ずるいぞ。話せよ」

「そもそもあれは家族と言えるものなのかな。〝家族〟というからには、その必要条件としてまず〝家庭〟がなくてはならないはずだけど」

「わけわかんねー。わかるように話せ」

「たとえば具体的には、数週間に一度くらいしか顔を合わさない」

「うえっ？」

「その食事の際《さい》にも、二十メートルはあるテーブルの、端《はし》と端とにお互いで座っていてね。父上ないしは母上の表情も、よく見えないくらいだった。会話も大声を上げるのは不作法《ぶさほう》とされていたから、側《そば》の侍従《じじゅう》に伝言をする形で――」

「伝言ゲームかっ！」

「ああ。うん。途中で侍従を数人経由《けいゆ》するから、よく話の内容が変わることが起こってね。あれはなかなか愉快《ゆかい》だったな」

魔王さまは笑った。

リーダーは、ほへーと感心している。

アサシンさんはいつものように無表情。両手のなかに収めたカップで、黒いお茶を、くぴくぴと飲んでいる。

カインだけが一人、それは家族じゃないですよう、と心の中だけで突っこみを入れていた。

まあ魔王さまの場合、魔王というくらいなのだから魔界の王族であるわけで、王様の暮らしが庶民《しょみん》と違っているのは仕方《しかた》がない。

「私の場合。どちらかといえば、メイド長が〝家族〟にいちばん近かったのではないかな。口うるさい〝姉〟といった感じでね」

「オレだってじっちゃんだったらいたぜー！　兵站《へいたん》のじっちゃんが、よく、うまいもんくれたぜー。飴《あめ》とか」

リーダーは勇者として名を上げる以前は、どこか辺境《へんきょう》の兵団《へいだん》にいたらしい。詳《くわ》しく聞いたことはなかったが。いまちょっとだけ聞けた。

「ああ。私もメイド長に夜中にお菓子《かし》をもらったことがあったなぁ。内緒《ないしょ》でね。あれは本当に美味《おい》しかった……」

魔王さまも昔を思い出す顔をしている。

リーダーも魔王さまも、普通の家庭や普通の家族には縁《えん》がなかったとしても、それなりに大事な人の思い出はあるようで……。カインはなぜか、ちょっとだけ、ほっとした。

「アサシンさんはどうなんですか？」

カインはアサシンさんにそう声を掛けた。彼女はまったく話題に立ち入ろうとしていない。

まあそれはいつものことなんだけど。

彼女の場合、特に家庭とか家族とかの話題には立ち入りがたい感じがする。なにしろ彼女は暗殺者なわけで――。勇者よりも魔王よりも特殊なはずで――。

だがしかし、カインはあえて空気を読まないことにした。その話題に勇気を持って立ち入った。

リーダーと魔王さまとが、なにか変な顔をしてこちらを見ている。呆《あき》れと驚きと、その中間くらいの顔だ。

「なに？」

アサシンさんは真正面から、じいっとカインのことを見つめ返してきた。

彼女の場合には、もしかしたら、話をまったく聞いていなかったかもしれない。

だからもう一度、説明を試《こころ》みる。

「アサシンさんには、家族って……、いました？」

「かぞく？」

彼女はきょとんと首を傾《かし》げた。

「それは……、おいしいもの？」

ああ。そこからでしたか。

「ほら。おとうさんとかおかあさんとか、年の近い姉弟とか。一緒に暮らしていたりとか」

アサシンさんは小首を傾げて、しばらく考えていたが……。

「シリアルナンバー続きのものなら、いっぱい、いた」

返事がきた。しかしどうも話が通じない。シリアルナンバーって、なんだろう？

やはりアサシンさんは、特殊な家族事情をお持ちであったらしい。

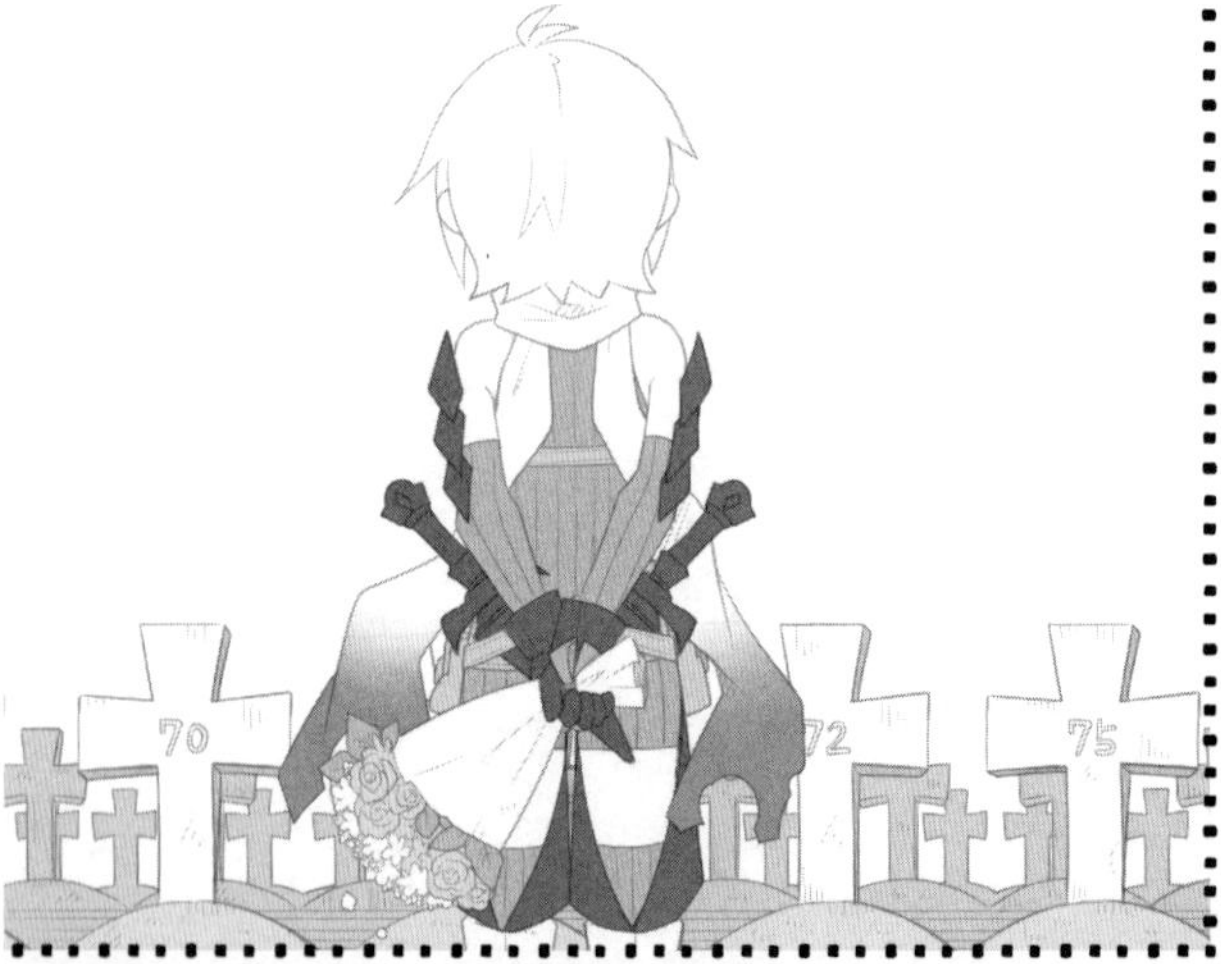
70
72
75

ケッコン。って。なに？

え？ えーと……、えーと……、
つまり家族になることですよ。
リーダーもそう言ってますよ。
あはははは。

そう。家族。なる……。
あはははは。

魔王さまとケッコン

食事も終わりを告《つ》げる。

一人、二人と、皆はたき火のまわりを離れてゆき、カインは魔王さまと二人きりになっていた。魔王さまはゆったりとコーヒーを楽しんでいる風《ふう》である。だがカインにはわかっていた。ダンジョンの最下層《さいかそう》では、カインは一人きりになることはない。リーダーかアサシンさんか、あるいは、いまみたいに魔王さまか、必ず誰か一人が、すぐ近くにいてくれるのだ。

絶対に一人にならない理由は簡単だ。一般人のカインは、どんな小物のモンスターに襲《おそ》われても、あっさり死んでしまう。だからダンジョン内では、どんな時でも、彼女たちの誰かと一緒にいなければならないのだった。

「お湯をもらえるかな」

「あっ。はい」

沸《わ》かしてあったお湯を魔王さまに渡す。

魔王さまは、あの黒いお茶を淹《い》れはじめた。

茶色の粉末《ふんまつ》に見えるのは、炒《い》った豆を細《こま》かく砕《くだ》いたものだ。それをスプーンで何杯か。そこにお湯を注《そそ》いでゆく。しばらく待ってから、最後は布で漉《こ》すと、黒くて透《す》き通ったあの不思議なお茶になる。

「そのうち君にも覚えてもらうかな」

淹れたてのお茶を美味《おい》しそうに飲みながら、彼女はそう言った。

「そうですね。料理番なんですから。お茶も僕が淹れるべきですね」

「コーヒーはまだ飲めない？」

「すいません。なんだか苦くって……」

「慣《な》れるとそれが病《や》みつきになるんだけどね」

魔王さまは、一口、二口、コーヒーを口に含みながら――。

「――物の本によれば、頭脳《ずのう》の働きを高める成分も入っているそうだよ」

「へー」

「やってみる？」

「はい」

彼女のアドバイスを受けながら、コーヒーを淹れてみた。粉はスプーンできっちりすり切り三杯。お湯を注いで待つ時間はきっかり一分間。そして手早く布で漉してカップに注ぐ。

「できた」

カップを満たす黒い液体が、香《こう》ばしい匂《にお》いをあげている。

あれれ？　いまなんか、コーヒーが〝美味しそう〟に思えた。

「あの……、ちょっと飲んでみてもいいですか?」

「どうぞ」

自分で淹《い》れたコーヒーに、魔王さまに見守られながら口を付けてゆく。はじめてブラックで飲んでみる。最初はおそるおそる一口だけ。苦い。でもそれだけでなくて、酸味《さんみ》、そして甘み、さらに〝こく〟まで。様々な味が含《ふく》まれていることがわかった。

「気に入ったかい?」

魔王さまが笑う。夢中になってカップ半分も飲んでしまっていた。恥《は》ずかしい。

「私にもおかわりを作ってくれるかな」

「あ。はい」

カインは彼女のためにお替わりを作った。

すり切り三杯入れる。お湯を入れる。待つ時間はきっちり一分間でなければならない。

さんじゅういち、さんじゅうに——と、数えていると——。

「リサにプロポーズされたんだって?」

魔王さまが不意にそんなことを言ってきた。

「うえええっ? な、なんですかいきなり——ああさっきの冗談《じょうだん》ですね」

本日の食事の時の話題が「結婚学」だった。

「でもリーダー、あれきっとわかってないですよ。リーダーの頭の中では、〝ケッコン＝家族ができる〟であって、その途中にある、あれやこれとかは、きっと全然わかってないんですよ」

「あれやこれというと……、なにかな？」

魔王さまは、ずいっと身を乗り出してくるとそう言った。スーツの胸元からこぼれんばかりの二つの大きな物体が迫《せま》ってくるようで、カインは、ついっと視線を外《はず》した。

「ええっと、そのつまり、なんといいますか。男と女とが、コイビトになったり、フウフになったりして、コウノトリのお世話になったり、オシベとメシベとかが――」

「私もそのあたりに関しては、じつはよくわかっていなくてね」

「え？」

「雄《お》しべと雌《め》しべの件《けん》はともかくとしてね。恋人関係とか夫婦《ふうふ》関係であるとか。そのあたりが私にはよくわからない。誰かを好きになったことがない。魔界にいたときには見合い相手がたくさんいたのだけど。そういうものをすべて投げ捨てて、出奔《しゅっぽん》してしまったわけだしね」

「はあ」

カインは曖昧《あいまい》にうなずいておいた。魔王さまはリーダーと一緒で、「美味《おい》しいものを食べるため」に魔王の地位を捨てたということは聞いている。

「けど家族はほしいな。……君にプロポーズすれば、私も家族を持てるのだろうか？」

「えっ？　いえあのっ――」

「プロポーズの言葉は、これでいいかな？　――毎日私にコーヒーを淹れてくれるかい？」

毎日私にコーヒーを淹れてくれるかい？

おま。魔王とも
ケッコンすんの？

え？ あのっ……、
す、すいません。

なんで謝《あやま》るんだ？

いえ……、だって、
その……ねえ？

うちらもう、
家族みてーなもんじゃん。

アサシンさんとケッコン

「はぁ……」

鍋《なべ》をがしがしと洗いながら、カインは溜息《ためいき》をついていた。

魔王さま。あれ。ぜったいわかってないよね。「プロポーズ」の意味を「家族ができる」ぐらいに考えちゃっているよね。それとも、もしかして、わかっていたりなんていうことは——

いや、ないない。あんな大人で知的で綺麗《きれい》で凄《すご》い元魔王の女のひとが、そんなはず、ないない。

と、そんなことを考えながら鍋を洗っていたカインは、ぴたりと手を止めた。

ちょっと離れたところから、じーっと見つめてくる視線に対して——。

「これ。すぐ終わらせちゃいますからね」

「ん。」

「ところで……、なんでしょう?」

アサシンさんがなにか言いたげな顔をしていることに気がついて、カインはそう問いかけた。

「ケッコンする?」

「は?」

カインは思わず聞き返していた。

意味が一瞬わからなかったからだったが、アサシンさんはそれを否定《ひてい》か拒絶《きょぜつ》あたりに受け取ってしまったのか——。形のいい眉《まゆ》を不満げにひそめた。そして——。

カインの肩のあたりを、とんと押してきた。

「わ、わわっ！」

軽く押されただけなのに、カインはあっさりと後ろにひっくり返ってしまった。地面の上に仰向《あおむ》けに転がされる。そのカインの上に、アサシンさんが馬乗りになってくる。

「ケッコンする？　殺す？」

〝くない〟と呼ばれる暗殺者用のナイフが喉元《のどもと》に当てられる。

「ちょ——待ってください！　落ちついて！　デッドリーな二択《にたく》はやめましょうよ～」

心の中で「ひー！」と悲鳴《ひめい》をあげつつ、表情だけは平静《へいせい》を装《よそお》ってそう言った。

ナイフを向けられて平静でいられるはずはないのだが、彼女に見守っていてもらわなければ、数分でなくなってしまう命だと思えば……、まあなんとか。

「ケッコンする？　洗脳《せんのう》する？」

「洗脳もしないでください」

「じゃあ。やっぱ。……殺す？」

「もっとだめですって。とにかく落ちついて。とにかく落ちつきましょう。……ね？」

とにかく上からどいてもらう。アサシンさんの衣装は動きやすさ優先なのか、露出《ろしゅつ》度《ど》がけっこう高い。その格好《かっこう》で馬乗りというのは、ちょっとドギマギとしすぎてしまう。

「……で。どうしたんですか。なんで〝ケッコン〟なんですか？」

「〇〇七三《ゼロゼロナナサン》は。家族がほしい」

「さっきの話ですね」

カインはうなずいた。まったく、リーダーも魔王さまも、そしてアサシンさんも、「間違ったケッコンの使いかた」をしている。確かに〝ケッコン〟すれば家族にはなるだろうけど、その前にある〝あれやこれ〟を、どうしてみんなすっ飛ばしてしまうのか。

だけど「〇〇七三」っていうのは、なんだろう？　アサシンさん、その番号、たまに口にするけど。さっきアサシンさんの言っていた「シリアルナンバー」とかいうものだろうか？

「その〇〇七三って、アサシンさんの番号かなにかですか？」

こくりとうなずきが返ってくる。うなずきだけ。補足《ほそく》説明なし。

カインは困ってしまった。落ちついてくれて、上からどいてくれたのはいいのだが、どうにも話が進まない。アサシンさんは口数が少なすぎる。番号の件だって、いまひとつ、よくわからない。暗殺者養成所かなにかの、出席番号みたいなものだろうか？

「七三番なら、それじゃあ、ナミさんですね」

場をなごませようとして、カインは冗談《じょうだん》を言ってみた。

アサシンさんの表情が、劇的に変わった。驚いたように、目をまんまるく見開いて――。

「それ。なまえ？　いま。カイン。言った。〝ナミ〟――それ。〇〇七三《ゼロゼロナナサン》のなまえ？」

「えーと……、ええ、まあ……。こういうのって語呂合《ごろあ》わせと言いますけど……。まあ、はい。名前みたいなものですね」

「なまえ。〇〇七三《ゼロゼロナナサン》のなまえ……。ナミ……」

噛《か》みしめるように、アサシンさんは、その名前をつぶやいている。

カインは、ぽかんとアサシンさんを見つめ返した。名前を持っていなかったわけでもないだろうに……。え？　いやちょっと待って？　もしかして……。本当に……？

そのことを確かめてみるのではなく、カインがかわりに口にしたのは――。

「あの……。こんどから、アサシンさんって呼ばないで、ナミさんって呼びましょうか？　みんなにもその名前で呼んでもらうように――」

「だめ」

と、指先で唇《くちびる》を押さえられてしまう。

「え？　なんでですか？」

「ひみつ」

間近《まぢか》にアサシンさんの顔がある。そこに謎《なぞ》めいた微笑《ほほえ》みが浮かんでいた。

あ。そういえば〝ケッコン〟のほうの話は、うやむやになっちゃっていたけど……。

ま。いっか。

ひみつ

カイン。もし。殺すとき。
どんな殺しかた。希望？
え？ ちょ、ちょっと！ なに
殺す話になってるんですか!?
毒殺。刺殺。斬殺。撲殺。
絞殺。扼殺。焼殺。爆殺。
溺殺。射殺。圧殺。轢殺。
笑殺。悩殺。……どれにする？
え？ え？
えええ〜〜っ……!?

皆とケッコン

「それはぜひケッコンすべきだと思います！」

いつもの昼どき。いつもの「腹ぺこ赤竜亭《せきりゅうてい》」のいつものテーブル。

ウエイトレス姿のエルマリアが、お盆《ぼん》を胸に抱きしめてそう叫《さけ》んだ。

「いやあのね。だからね。皆が〝結婚〟ていうものをよくわかっていなくって――」

「わかってるよ。だから〝家族〟になることだろ。完璧《かんぺき》だぜ」

「ぜんぜん完璧じゃないです。あれもこれも大事なステップをぜんぶ落っことしています」

「私、やりますよー！　シスター！　本職です！」

「それは知ってるけど……」

「ぜひやりましょう！　ケッコン式！」

なぜそんなに乗り気なのか。荒い鼻息で彼女はひどくエキサイトしている。

「いやでもそんないきなり結婚とかいわれても……」

「じゃあケッコンカッコカリで！」

「カッコカリってそれなんなんですか。いやあの。ぼくの言いたいのはそうじゃなくって……。ほ、ほらっ、皆とアレしちゃうと……、じ、重婚《じゅうこん》とかになっちゃうんじゃないんですか？」

「大丈夫《だいじょうぶ》です！」

意外と豊かなその胸を、エルマリアは、どんと叩《たた》く。

「それは単なる教会の教義《きょうぎ》です。神様はそんなこと言ってませんから！」

「え？　ええ〜っ……!?」

「神様が言っているのはぁ——。スタンド・アンド・ファイト。立つ。戦う。勝ったら食ってよし。——だけです。それ以外のすべては教会が勝手に決めたルールですから、気にしなくていーですよぅ」

「ええ〜っ？」

いいのだろうか。シスターがそんなこと言っちゃって。まあ彼女の正体は女神様《めがみ》なんだけど。

「さあやりましょう。いまやりましょう。いまやりましょう」

「ええっ!?　い、いまって——!?」

「汝《なんじ》。勇者は。喜びのときも悲しみのときも、富《と》めるときも病《や》めるときも、カインと家族であることを誓《ちか》いますか？」

「もう宣誓《せんせい》はじまってるしー!?」

教会に連行《れんこう》されて儀式《ぎしき》をやるのかと思いきや、なんと、この場ではじまってしまった!?　カインたちは普段着でっ!?　エルマリアなんか、ひらひらの看板《かんばん》娘のミニスカートでっ!?

しかし、こういうときの彼女は、急に厳《おごそ》かな雰囲気《ふんいき》になって——服装も場所も関係なく、聖職者《シスター》の威厳《いげん》がそこに現れる。

「ん。誓《ちか》うぞ」

指についたソースを舐《な》めながら、リーダーが宣誓《せんせい》。

皆の視線が、じっとカインに注《そそ》がれる。その返答を待っている。

「いえ……、あの、まあ……家族ぐらい。いつでもなりますけど……。はい……。誓います」

つづいて魔王さま。

「汝《なんじ》。魔王は。喜びのときも悲しみのときも、富《と》めるときも病《や》めるときも、カインと家族であることを誓いますか？」

「うん。この身命《しんめい》に懸《か》けて。誓おう」

その次はアサシンさん。

「汝。ナミは。喜びのときも悲しみのときも、富めるときも病めるときも、カインと家族であることを誓いますか？」

「ん。やくそく」

あれ？　なんでシスター。アサシンさんの秘密の名前を知っているのかな。

「汝。勇者は。喜びのときも悲しみのときも、富めるときも病めるときも、魔王と家族であることを誓いますか？」

「ちょっとちょっと!?　なに女の子同士でケッコンしちゃっているんですか!?」

「なんだよ？　女の子どーしじゃ、ケッコンしちゃだめだっつーのか？　んなの誰が決めた？」

「神様は決めてないですよー」

「いえ……、まあ……、いまさらいいですけど」

宣誓はそこから数回以上も続いた。

リーダー×魔王さま。魔王さま×アサシンさん。アサシンさん×リーダー。——と、すべての組み合わせを網羅《もうら》していった。

いいかげん疲れ果てて、注意力もおろそかになってきたころ——。

「汝。カインは。喜びのときも悲しみのときも、富めるときも病めるときも、エルマリアと夫《ふう》婦《ふ》であることを誓いますか？」

「えっ？　——ちょ!?　なんで僕!?　シスターとケッコンしちゃうことになってるんですか!?」

カインはぎょっとして、エルマリアを見つめた。

「ええーっ、わたしだめですかー？　家族だめですかー？　駄女神《だめがみ》だからだめですかー？」

「いえ……。いまさらもう、特に、いいですけど……」

カインはがっくりとうなだれた。

「……はい。誓います」

「よし！　これで我々《われわれ》は家族だなっ！」

リーダーの元気な声が店中に響《ひび》き渡った。

あとがき

はじめての方には、はじめまして。そうでない方には、おはこんばんちは。

さて。GEシリーズが、はじまりました。

ガガガ文庫では、前シリーズであるGJ部《グッジョぶ》シリーズがご好評を頂いておりまして、なんと十九冊というロングシリーズとなっています。（GJ部九冊。GJ部中等部八冊。◎とロスタイムが二冊）

その流れもありまして、「次回作は四コマ小説」ということは、前々から決まっておりました。中等部が八巻で終了することを決めたあたりのことですから、たしか、中等部の五、六巻を書いていた頃ですね。

ただ「現代」を舞台にした四コマ小説は、高校編と中等部編とで、やり尽くした感がありました。次の話は「現代」を離れなければなりません。

そうすると、舞台となるのは「異世界」だろうと。そのあたりも漠然と固まっていました。

でも「ファンタジー」で四コマ小説を普通にやってしまうと、なんのためのファンタジーなのかわからなくなってしまいます。ファンタジー世界でなければできないような、「普通でない体験」が必要です。

——と。そのような思考過程を経て、アウトプットされてきた結果が、「ファンタジーで勇者と魔王がダンジョンで飯を食う話」となったわけです。


最強チート性能の魔王と勇者（と最強暗殺者）が、ダンジョンの最下層を、不安も緊張感もなんにもなく攻略して、たき火のまわりで部室にいるかのようにくつろぎながら、ドラゴンやコカトリスやサラマンダーやミノタウロスといった有名モンスターを、美味《おい》しく調理してウマウマと食べる——という、奇妙なコンセプトの作品ではありますが。

まああまり深くは考えず——。

マンガ肉うまそー、とか。リーダー&魔王さま&アサシンさんカワイー、とか。

GJ部シリーズを愉《たの》しまれるときと、似たような目線で読んで頂けたら幸いです。


さて。突然ですが、ここでニュースです。

二〇一四年一一月七日に創刊される「読売中高生新聞」にて、「GJ部」の週刊連載がはじまります。四ノ宮《しのみや》京夜《きょうや》と部長たちが戻ってまいります。週一話ずつの掲載です。

作中時間的には、京夜が部長たちと過ごした二年間の話となります。

GJ部①〜⑨では描かれなかった新作エピソードを、いつも通りの雰囲気の4コマ小説でやっていきます。新聞紙面の都合上「4ページ小説」にはなりませんが、いつもと同じ長さです。購読方法や、「読売中高生新聞」の情報など。詳しい情報はこちらへどうぞ。

購読方法解説ページへの二次元バーコードはこちら。
←カメラのない機種の方はこちらからどうぞ
http://www.434381.jp/teen/

最後に、恒例、著者サイトのお知らせです。アンケートなどやっていて、作品作りに生かさせていただいています。

携帯用サイトへの二次元バーコードはこちら。
←カメラのない機種の方はこちらからどうぞ
http://www.araki-shin.com/araki/keitai.htm
←パソコンなどフルブラウザ専用ページ
http://www.araki-shin.com/

GAGAGA
ガガガ文庫

GEφグッドイーター

新木 伸

発行　2014年10月22日　初版第1刷発行

発行人　丸澤 滋

編集人　野村敦司

編集　代田雅士

発行所　株式会社小学館
〒101-8001 東京都千代田区一ツ橋2-3-1
［編集］03-3230-9343 ［販売］03-5281-3556

カバー印刷　株式会社美松堂

印刷・製本　図書印刷株式会社

Printed in Japan ISBN978-4-09-451515-2